文豪と異才たち

井原西鶴から村上春樹まで
小説ブームをおこした人々

久我なつみ

河出書房新社

目次

文豪と異才たち

——井原西鶴から村上春樹まで　小説ブームをおこした人々

第一章　小説ブームの世紀

(上)「文藝春秋」創刊号
大正 12 年　文藝春秋社
(右)「探偵クラブ」創刊号
昭和 7 年　新潮社
(日本近代文学館所蔵)

仕掛けのある風景

心の真実をフィクションで表現するという出発点からして、小説は矛盾している。

これは作り話ですよ、と差し出されるのに、読者は主人公の心の声を自分のもののように感じ、自身の人生と重ねあわせて、希望を抱いたり、怖れたり、どう生きるべきか、考えを深めていく。

小説は、不思議な力を秘めている。

カミュの『ペスト』は発表後七十年をへてコロナ禍の最中にベストセラーになった。活字離れが言われるのに抜きんでた売行きをしめす村上春樹、ミステリー系の伊坂幸太郎、東野圭吾、湊かなえらヒットメーカーに加え、円城塔らの前衛も受容され映像化され、さらに又吉直樹『火花』のようなワンヒット・ワンダーもある。

コメディアンとしてぎりぎりの生活をおくる男から「俺の伝記を作って欲しい」と頼まれるという仕掛けがあるからこそ、浮沈の激しい芸能界で男がどうなるか、展開が気になって、読者はページを繰ったのだろう。

仕掛けがあると分かっていながら、ここではない、どこかの誰かの物語に、私たちは光に誘われるように近づき、手に取らずにいられない。

近代に興った日本の出版産業は太平洋戦争後、急伸して、一九九〇年代を目前にした一九八九年、新しい段階に突入した。

村上春樹『ノルウェイの森』がセールス歴代一位への道を快走し、吉本ばななの『TUGUMI』『キッチン』がベストセラー・リストの一位、二位を占めた年だ。

海外文化を自分の皮膚感覚とした現代日本人の小説が、破竹の勢いをみせたのだ。

彼ら戦争を知らない世代の書き手たちが若い読者の掘り起こしに成功し、松本清張、司馬遼太郎が現役で、ライトノベル先駆者の赤川次郎や鉄道ミステリーの西村京太郎が推理小説の人気を牽引していた、この年、日本の出版産業の売上げは初めて二兆円の大台にのった（『出版指標年報』出版科学研究所、書籍・雑誌の推定販売額）。七年後の一九九六年には、二兆六五六四億円という驚くべき数字を達成する。

ここに至るのに、敗戦から、半世紀しか要しなかった。

飛躍は戦前の、芥川龍之介、谷崎潤一郎、川端康成、菊池寛といった文豪の活躍があったからこそ、だ。戦後は、彼ら文豪に刺激された異才たちが多彩な作品を世に送りだし、躍進した。

戦前戦後の百年は、日本文学史上、空前の隆盛期なのだ。

「小説ブームの世紀」として、今後、研究者や読書家が最も興味をかきたてられる時期になるだろう。

本著では、その光輝を、文豪と異才たち、それぞれの熱気溢れる人生を辿りながら、とらえていく。

産業化以降ゆえ「流行」という現象が必須だが、この言葉はキーワードというより、むしろ控えめな通奏低音であり、主旋律は、あくまで文学が奏でていく。

小説に生きる

書くことは即ち生きることという、小説ひと筋の暮らしの中で、私は育った。父も母も直木賞の最終候補に残った、職業作家だったからだ。

今思うと、何とも奇妙な暮らしだった。筆一本の生業はサーカスの曲芸に似て、奈落を見ながら、揺れる綱に乗り続けるようなものだ。半世紀の間、一瞬たりとも油断できぬまま綱を渡ったのだから、途方もない。

競争者とデッドヒートを繰りひろげ、文壇から何度突き離されてもあきらめず、森羅万象にテーマを追いかけ続ける。私は物心ついたときから、その猛烈な熱気に煽られていた。

毎日がどちらかの締め切りという切迫した、くつろぎから程遠い家が、息苦しくてたまらなかった。逃れたいと、どれだけ願っただろう。

十六歳で家を出て、一人ぼっちになって、知人宅を泊まり歩いたりした。夜の街を彷徨い、今日はどこへ行こうかと迷う、そんな宙ぶらりんの日々を送っていたとき、なぜか突然、文学の魅力にとりつかれた。あの時の、深い森に迷いこんだような、魔法にかかったような驚きは、忘れられない。

棄教者が、不意に、真の信仰に目覚める感覚だった。

そして、家に集っていた、作家や編集者たち、小説に途方もない情熱を注ぐ人々が、何より眩しく、貴いものに見えてきた。

つくづく不思議に思う。私はなぜ、あれほど小説を愛してやまぬ人々に囲まれてきたのだろう、と。

運命なのか、偶然か、知りようもないが、あの熱の渦中にいた人間として、作家一家といういわばインサイダーの視点で、彼らが起こした小説ブームの凄さを、書き残しておきたい情熱を、抑えられないのだ。

小説は私にとって、骨の骨であり、肉の肉だから。

二十世紀の奇跡

出版界が戦後みた、かつてない隆盛は、太平洋戦争以前、文芸誌「新潮」、総合雑誌「中央公論」に次いで、「文藝春秋」が創刊され商業的成功をおさめた、大正の終盤に兆した。

立役者は菊池寛。大阪毎日新聞、東京日々新聞等で連載した小説が大人気で、意気揚々、出版に進出したのだ。

大正十二年（一九二三年）創刊の「文藝春秋」は、芥川龍之介の「侏儒の言葉」を巻頭に、文学性と娯楽性を兼ね備えて、発行部数を伸ばした。

同じ年の九月、関東大震災がおき、東京は壊滅的被害を受けた。首都東京に出版社、印刷会社が集中していたため、停滞するかと危惧されたが、小説ブームは衰えることはなかった。新聞・雑誌がすでに全国に浸透し、ジャーナリズムが成長していたからだ。

全国紙は各社、発行部数を百万の大台にのせて事業を拡大させ、関東大震災の前年に週刊誌「サンデー毎日」や「週刊朝日」が創刊されていた。そうした新聞や雑誌に掲載された連載小説は、全国で愛読され、大震災後も人気を維持した。

ほどなく元号が昭和にあらたまって、一冊一円という安価な円本が登場し、小説ブームに拍車がかかった。海外文学全集が出され、岩波文庫が創刊され、谷崎潤一郎、横光利一、川端康成ら新進作家が目覚しい活躍ぶりをみせた。

二十二年後に太平洋戦争がおき再び不如意となるも、敗戦後、出版が自由になると、戦前に追いつけ追い越せ、負をはねかえす勢いは壮絶だった。

ベストセラー・リスト(『出版指標年報』)をみると、小説熱の復活は早い。敗戦から五年後の昭和二十五年(一九五〇年)、谷崎潤一郎が『細雪』で一位。谷崎は翌二十六年も『源氏物語』口語訳で三位。この年は大岡昇平『武蔵野夫人』が四位、吉川英治『新平家物語』が五位と続き、文学と大衆小説が並立して受容される、隆盛期の到来を告げている。

ベストセラーとは、時代が産むものといわれる。例えば昭和二十一年発行の『日米会話手帳』が約三百六十万部と爆発的な売上げで戦後初のベストセラーとなったが、米軍占領中だからこその現象であり、時代性で売れる本は雪のように消えるのが宿命だ。

ところが同時期に単行本化された谷崎潤一郎の『細雪』は、発売と同時にベストセラーになっただけでなく、七十年の歳月を経てなおロングセラーである。こんな現象は、小説にしかおこらない。

作家たちは、社会の中でもがく数多の人々の心を感じ取り、その想いを、架空の人物に代弁させる。移ろいやすい世にあって、男と女が出会い、情熱の渦にまきこまれ禍福あざなわれ、人生の深遠へ導かれていく。その展開の思いがけなさ、心変わりの速さ。

性愛の悦びは火に似て、体に焼きつくのに、別れは必ずやってくる。冷めてなお疼く愛憎の断ちがたさ。いずれ死が二人を分かつというのに。

それがもし戦死や震災死なら、誰を憎めば、怒りをどこへぶつければいいのだろう。

誰もが苦しむ愛と死の物語、人生の不条理を、手練手管をつくして形象化していく作家たち。古来、語り部が必要とされてきた。近代は個人の時代ゆえ、各々が自分にあった語り部を探し求める。だから「必要は発明の母」で、多様な作家が現れたのだろう。

戦前の興隆を引き継いだ日本の出版界が、文学史上、前代未聞の繁栄をとげた理由の一つに、この個人の多様な欲求があるのだろう。

豊かな時代だったおかげもある。膨大な作品群が出現した背景に、経済成長という時代のダイナミズムがあったことを見逃せない。

激変する産業社会の、矢のような光陰、すぐ変わる「今」をとらえた現代小説が時機を逃さず世に放たれ、喝采を浴びた。

唯一の幸運

小説を書いて、それを世の中に送りだすとは、余人には理解しがたい営為かもしれない。どこかの誰かの物語を、他人である読者が進んでページを繰って、共感とともに読む……。その人の懐に忍びこむように、他者への侵入が成し遂げられる……書き手の息を、心地よい温かさと感じさせて……。

読者は、ある小説を未知の現実として受け入れ、引き込まれていくうちに、抱えこんだ胸のしこりや鬱屈が解け、旅にでて心遊ばせた後のように慰められる……。

そんな不思議な、他者への侵入を、職業としてなしとげるのが作家だ。

彼らが小説を読者に届けるのに、必要とされるものは多い。独創性、構想力、何時間となく書き続ける筆力、メディアを惹きつける魅力等々。長く続けるには、これらの条件をすべて兼ね備えて、まだ充分でない。

常軌を逸した、情熱の火を燃やし続けねばならない。

そんな作家たちに、私はこれまでたくさん出会い、たくさんの作家志望者を見てきた。

五木寛之、円地文子、大庭みな子、瀬戸内寂聴、高橋和巳・たか子、そして歴史作家や学者たち……。

戦後派の彼らはそれぞれ生き方が違い、方法論が違っていた。

共通するのは、ただ一つ、命懸け、という点だけだった。

彼らと知己を得て、その情熱に触れることができたのは、私にとって、まさに天恵だった。小説に命を燃やした彼らを、今とても愛おしく貴く感じる。敗戦を経験した彼らが歩みを始めたとき、手にしていたのは、一握の砂ならぬ、焼け跡の燃えかすだけだったのに。

彼らの前にどんな壁が立ちふさがり、いかに超克したか、どんな事件、論争があったか、これから追っていくのだが、まず気づくのは、ゼロから出発した彼らが、ただ一つの、幸運に恵まれていたことだ。

それは、読者が多く存在したという事実だ。

唯一の幸運とはいえ、作家が物語を紡ぎ続けるのに、これ以上ありがたい状況はない。ひたむきに感動を、心震わす読書体験を求める人々が群れをなしていたのだから。

太平洋戦争で日本の多くの都市は焼亡し、原爆という人類史上初の悲劇にみまわれた。戦争が終わって、何もかも失って、これからどうやって生きていくのか。茫然自失とした人々は、「ことば」を、渇きを癒す水を求めるように欲した。

その日の食べ物もままならぬのに、薄っぺらな冊子にすぎない雑誌や本を競いあって求める……そんな時代がやってきた。

セールスという実が伴った幸福な時代だった。おかげで流行作家と呼ばれる一群の書き手が世に認知された。

でも流行はすたれやすい。人気作家でも没後は、たいてい忘れ去られる。ある本が次の世代に読み継がれ、長い命をもつのに必要なものとは何なのだろう。

まず二つ、指摘したい。

詩と哲学だ。

いずれも小説の近縁にありながら、小説とは相容れない。この手ごわい血族に、限りなく近づき、絡み合い、それでも取り込まれず、逆に取り込んだ小説が、愛されつづける。

詩と哲学の深い森

小説は虚実の境に漂っている。

ところが詩や哲学は真実と不可分だ。

嘘と真実との違いは絶対的なのに、小説はどうして限りなく近づき、しかも相容れないのか。

小説の最大の謎かもしれない。

「言葉」というへその緒で、詩と哲学につながれ育ったことを、誕生とともに刃で切断され、忘れはてたところに、小説は成立する。

とはいえ詩は、小説に負けず劣らず、人の心に訴える力が強い。日本人なら誰もが、

僕の前に道はない　僕の後に道はできる

と、高村光太郎の「道程」をそらんじられるだろう。太平洋戦争中、高村光太郎が疎開した家は宮沢賢治ゆかりだった。その宮沢賢治も「永訣の朝」などの詩が愛唱され、小説『銀河鉄道の

夜』等とともに根強い支持をえている。

現代では詩の愛好者は小説ファンより少ないかもしれないが、古来、詩は小説の下位に甘んじるものではなかった。

詩は「美しく響く」「真実の言葉」であり「真善美」を満たすため、文芸において最高とされた時代が長かった。ギリシャのホメロス、中国の漢詩等々、古典文芸として伝わっているのは、散文ではなく韻文だ。それらは社会の支配層に擁護されて、完成された。しかし『万葉集』をみるまでもなく、いつの時代も、どの国でも、民衆たちも詩を愛してきたに違いないのだ。

小説は「言葉」により生成されている。詩はその言葉の「より美しい精髄」だ。

小説においても、詩情漂うものが、読者の心を強くとらえて長く愛される。

哲学は詩と異なり、難解で敬遠されがちで、万人向けではないように見える。だが、戦後出版史を顧みると、数年ごとに、間欠泉が噴出するように、哲学書のヒット作があるのに気づく。

まず終戦直後、昭和二十一年のベストセラー・リスト（『出版指標年報』）には、四位に三木清『哲学ノート』があり、五位にフランスの哲学者・作家サルトルの小説『嘔吐』が続く。『サルトル全集』も盛んに読まれた。敗戦後、出版が再開された最初期に、人々はまず、哲学をもとめたのだ。

近年でも、ノルウェイの哲学教師ゴルデルがファンタジー仕立てにした『ソフィーの世界』、池田晶子著『14歳からの哲学　考えるための教科書』が人気をよび、哲学者の岸見一郎、古賀史健共著のアドラー心理学入門書『嫌われる勇気』は日本のみならず韓国でも百万部を超すベストセラーになっている。

哲学が多数の人々に読まれるという事実は、「あらゆる人間の思索は言葉によってなされるがゆえに、哲学と小説は無縁でありえない」という真理を暗示している。

むろん『ソクラテスの弁明』や『歎異抄』『往生要集』を文学に含めることはできない。だが『方丈記』『徒然草』へと対象を広げたら、明らかに文学の領域に入ってくる。

鴨長明や吉田兼好といった中世隠者文学の他に、日本は、思想書の名著の数々を誇っている。岩波書店が一九七〇年代に刊行した『日本思想大系』は、最澄、空海、道元、法然ら、さらに江戸期の荻生徂徠、本居宣長、新井白石、吉田松陰と、実に六十七巻におよぶ。

また明治期に始まった文芸評論の分野では、昭和文学の隆盛期に優れた評論家・思想家がでた。小林秀雄、吉本隆明、亀井勝一郎、加藤周一等々……彼らの評論は読者を得て、文学の擁壁となって隆盛を支えた。

小説は心変わりを最大の関心事にしながら、巌のように揺るぎない哲学を意識せざるをえない。男女の痴情を長年書き続けた作家が、不意に、宗教に傾倒したりする。「迷い」に取り憑かれ、小説という嘘を命懸けで吐き続けてきたのに、ある時を境に、遥か頭上にあった不動の思想にひれ伏してしまうのだ。

とはいえ現在、終戦直後に哲学書のベストセラーを出した三木清や『無常という事』が評判をよんだ小林秀雄らを愛読する人は多いとはいえない。サルトルを読む人も、フランス文学専攻の学生が主だろう。
哲学より小説は、長く愛される。
何故なのだろう……。

心変りを永遠に

長く愛された小説の筆頭ともいうべき『南総里見八犬伝』は、さまざまな形で翻案されてきた。太平洋戦争終結後、廃刊寸前だった講談社の看板誌「講談」を救ったのは山手樹一郎作『新編八犬伝』だった。現在でも映像化され、ハイテクノロジーを駆使したゲームの原案となったりする。明治期の夏目漱石が広く読まれ、大正期の菊池寛も近年、年下の秘書との恋が『丘を越えて』と題して映画化されたりしている。

また私小説といえば、この人が代表格と誰もが認める太宰治はいまだに文庫本の年間ベストセラー・リストに入り、私小説批判をものともせず、確固たる地位を得ている。

次に、広く愛好される、という観点からみると、小説熱が高く「文学の世紀」ともいうべきこの一世紀は、グローバル化と各国相互の文化的影響の拡大を追い風に、海外で受容される作品が急増した。これも詩や哲学にはない。日本では小説にだけ起きた現象だ。

例えば三島由紀夫は、欧米人にファンが多いことで知られている。『金閣寺』を読んで日本に興味をもち住みついた、という外国人を私は複数知っている。

また安部公房は東欧で、川端康成はフランスで人気が高い。『悲しみよ　こんにちは』で早熟な才能をしめし人気作家となった女性作家フランソワーズ・サガンが川端康成の熱心な愛読者だった。昭和六十年に『美しさと哀しみと』がフランスで映画化され、最近では『眠れる美女』から想を得て『オディールの夏』という映画が製作された。

今や世界に広がっていく日本の小説が、いかに実業として世に顕れ、伸張し、二十世紀という「小説ブームの世紀」に突入していったか。

小説本が産業として日本に出現した最初の十七世紀後半から、近代文学、昭和文学、そしてポストモダニズムまで、追っていきたい。

次章では、頂点へ歩みだす最初の一歩、出版業が呱々の声をあげた江戸時代へ、タイムスリップしよう。

第二章　星と流人

井原西鶴『俳諧百人一句難波色紙』（天和２年刊）より
僧形の西鶴　自画

作家の予感力

出版業が市井に誕生した江戸時代に既に、ある現象が顕在化していた。小説は「化ける」、大ヒットする可能性を秘める、というのだ。

日本文学史上初のベストセラーは、井原西鶴の小説『好色一代男』だ。浮世の栄えを楽しむ町人の世界を描いて共感をよび、初版は大坂ながら人気が飛び火して江戸でも開版され、西鶴の名は全国に広まった。

主人公は富豪の息子の世之介で、成金や転落者が悲喜こもごも、人間ドラマを繰り広げる。元禄前夜の華やぐ浮世をリアルにえがくために、西鶴がとった手法は、流行りの品々を登場させることだった。

例えば、「末社らく遊び」の段。

主人公の世之介は放蕩の果て、勘当されるが、親が死ぬと遺産が転がりこんで、遊郭でさらに散財する。

「世につれて次第に奢がつきて」（世の移り変わりにつれて次第に贅沢になってきて）、富裕な町人たちは輸入物の縞ビロードを裏地にして身にまとい、瑪瑙の玉、唐木細工の根付を飾りにしてと、目をむくような豪勢さだ。

そうした高級品の一つに、「扇も十二本祐善（友禅）が浮世絵」とある。友禅染の創始者・宮崎友禅の名の、これが初出といわれる。西鶴は『好色一代女』でも友禅をとりあげ、「似せ幽禅（友禅）絵の扇にして涼風をまねき」と、人気のあまりニセモノが後を絶たない有様を書いた。

宮崎友禅は一扇工であったため記録が殆どなく、生涯は謎とされる。西鶴の記述や重宝記（生活百科）、雛形（着物のデザイン本）といった同時代の書物だけが、業績を明らかにする手がかりなのだ。

友禅の絵は扇絵として納まり良くデザインされていたため、服飾文様に転用しやすかった。友禅文様の人気ぶりをみて、生地に描いて糊伏せして防染する友禅染の技法が考案され、瞬く間に広まった。その過程を逐一記録したのは西鶴だけ。

十年後の貞享五年（元禄元年・一六八八年）に出版された『日本永代蔵』に、「近年小ざかしき都人の仕出し、男女の衣類品々の美をつくし、雛形に色をうつし、浮世小紋の模様……」（「昔は掛算今は当座銀」）と、友禅染の小紋が男女を問わず好まれ、産業に発展したありさまが記される。

西鶴は、女性たちがまとう美彩に、元禄の栄えを象徴させ、小説世界に生かした。創生を目撃したとたん、その魅力を見抜き、ほどなく日本中を席巻して文化を刷新すると予感したかのようだ。

日本初の流行作家は、この先どうなるか、世の中の一歩先を読む力を持っていた。

そして、その魅力を日本中に伝える力があった。

旬の輝き、色艶を、文章で永遠にした。

脈のあがる　手をあわせてよ

流行りで埋め尽くされた『好色一代男』。

今読むと、ドキュメンタリー映画さながら、元禄の心ときめく風趣、享楽に夢中な人々の姿が目に浮かぶようだ。

しかし胸算用の算盤をいくら弾いても転落してしまう、浮沈の激しい世であることを西鶴は見逃さない。

小説を支えるものとして、第一章で詩と哲学をあげたが、三番目に、この社会性があるだろう。どんな世の中で、どんな暮らしぶりかを活写する、時代の申し子としての特性だ。

しかしこの社会性を、小説を考える上で、三番目にしたくなるのは、社会の移ろいやすさゆえかもしれない。流行はひとときもてはやされ、すたれると泡のように消えていくものだからだ。

ところが西鶴は、時を経ても色褪せない。風俗、世態をとらえた、いわゆる風俗小説であるはずなのに——。

元禄の世に生きる人々の美しくも哀しい姿を、荒唐無稽なストーリーにして描きながら、芸術性を失わない。理由はいくつか考えられるが、第一に、その文章だ。

当時、町人のあいだで流行していた新文芸・俳諧で、彼は鍛えぬいた。『源氏物語』のような、和歌を滋養として育った王朝文学と、文章自体が違うのだ。

俳諧をもととするゆえ、西鶴は町人文化の金字塔なのだ。最後の船出の場面では『伊勢物語』を積み込むなど王朝の歌物語を意識しているのに、王朝文学とは異質な、独特の切れの良さ、語彙、言葉のつながりの妙がある。

文章の新しさは、不思議と読者を惹きつける。小説が愛好される、第一条件かもしれない。


大坂・天王寺の誓願寺が彼の菩提寺だが、祖父の没年の記録しか残らず、父親との縁の薄さがいわれる。作品中に謡曲の詞が頻出しており、稽古事にうちこむ余裕ある養育を受けたと推測されるが、その生い立ちは不明な点が多い。

十代で文学に傾倒したことは間違いなく、彼の著「大矢数」によると、俳諧を志したのは明暦二年（一六五六年）頃という。弱冠十五歳だ。以後、俳諧師として活動し、俳書の編集にたずさわり、版下絵をかき、書肆と縁が深かった。

俳諧の師匠は当時関西で名を知られた西山宗因で、肥後国城代に仕えた武士ながら改易により浪人となり、連歌をよくした。

しかし俳諧は、五七五と簡略で、和歌や連歌より気軽に楽しめることから、町人のあいだで爆発的に流行し、句会や吟行が盛んにおこなわれていた。

西鶴は奇抜な着想、軽妙な言い回しを特色として「オランダ流」と揶揄されたが、限られた時間内に多数の句をつくるという奇抜な興行「矢数俳諧」を催して名をあげた。住吉大社の神前で一昼夜に二万三千五百句を吟じ、世間を驚かせたこともあった。彼は何事においても、「新奇さ」を求める傾向がある。

その溢れでる言葉は、長編向きだったのだろう。処女作『好色一代男』は「浮世」という「同時代」の町人を題材にした本邦初の読み物であり、「浮世草子」という新分野を拓いた。

小説は英語でノベルというが、これは新奇な、という意味だ。つまり時代の最先端と切り結んでこそなのだ。西鶴が日本初の小説家とされるのは、浮世・当世——今をえがいて一般に受容されたからだ。

「国字文を以て世に鳴る」と『俳諧古選』（三宅嘯山）に記されたほど、『好色一代男』は商業的に成功した。ヒットした理由は、一つではない。先述した文章の斬新、詩情に加え、主人公に各地の遊郭を訪れさせ当時流行の旅行案内の要素をとりこみ、さらに教訓をおりこんで昨今人気の自己啓発本としても読める。人間洞察の鋭さ、ちりばめられた人生の真理は永遠で、読者を捉えて離さない。

そして作者自身の人間的魅力も——。

妻を若くして亡くした。初七日に、『独吟一日千句』を一日の間に吟じて手向けた。悲痛なレクイエムがある。

脈のあがる　手を合わせてよ　無常鳥

三人の幼子を抱え、『織留』（巻六の二末）に「ととが抱きて、難波橋の上からとんとはまつて死ぬるかと」と記す凄絶な日々の中、本に新奇な工夫を凝らし、八十冊を超す自著、撰書を世に問うた。

十三回忌に刊行された追善の『心葉』には、晩年の暮らしぶりがうかがえる。四季折々の花を釣舟に咲かせるという風流さで、手料理を友人知人と楽しみ、多くの人に親しまれた。

西鶴は人も作品も、同時代人の憧れだった。

ベストセラーを世に送りだした最初の人は、読者を魅了するスター性が作家には必要という好例でもある。

その巨星が、こんな言葉を、円熟期の作『日本永代蔵』冒頭に残している。

人は実あって、偽りおほし、其心はもと虚にして、物に応じて跡なし。是、善悪の中に立て、すぐなる今の御代を、ゆたかに渡るは、人の人たるがゆへに、常の人にはあらず。

若い頃から、仏道に心を寄せた。三十二歳のとき、紀伊国・養珠寺の聖人入滅を識り、句を手向けた。難波橋から飛びおり入水しようとしたほどの悩みを乗り越えさせたのは、信仰だったのだろうか。

天和二年（一六八二年）正月に刊行された『俳諧百人一句』を始め、画像がいくつか残るが、剃髪、黒羽織の法体でえがかれたものがある。

人の心は、もと虚にして、物に応じて跡なし……。

四十代の言葉だ。

「心に虚を抱えた人間存在」をいかに表現するかという近代以降の日本文学の命題が、小説が実業として世に顕れた最初期にすでに、西鶴によって明示されている。

都の錦

元禄十五年、大坂にて『元禄太平記』を出版した都の錦は、西鶴の後継者と目されながら、江戸で無宿人狩りにあい、九州・薩摩へ流刑の身となった。才筆を期待されていたのに、なぜ転落したのだろう。

二〇一四年十二月三十日、南日本新聞が、赤穂浪士に取材した都の錦作『武家不断枕』写本発見を報じた。その存在がかつて確認され野間光辰『近世作家伝攷』等で紹介されながら、行方不明となり、書名のみ伝わってきた、幻の本だ。

発見された写本は翻刻され、「薩摩路」第五六号に掲載された。現在は国立国会図書館が収蔵し、一般公開されている。

数奇な人生と奇人ぶりで名が語られることの多い都の錦だが、西鶴の後継者を自負して登場した意義を再考するよう、この発見は促しているかのようだ。

彼の義士伝は九州の配流先でも求められたほど、当時は、知られていたのだ。同じく都の錦作

『内侍所』は写本が複数知られている。それが読みつがれ、語りつがれ、義士伝の根本となったともいわれる。寛延元年（一七四八年）には『仮名手本忠臣蔵』が初演された。誰もが知る、人形浄瑠璃・歌舞伎の当り演目だ。

そこにある義士の辞世が、都の錦の偽作と推測されるなど、さまざまな点から、彼は『仮名手本忠臣蔵』の原型を作ったひとりと考えられている。

有名な「忠臣蔵」のもとを創りながら、彼は流人となってしまった。

生涯は謎が多い。筆名・都の錦は、処女出版『元禄曽我物語』（元禄十五年刊）のもので、同年執筆の『元禄太平記』には梅園堂と記すなど、何故か、ひんぱんに名を変えた。配流先の薩摩山ヶ野金山奉行所（霧島市横川町）に残っていた証文写しには「穴戸与一」と記されたが、これが本名と断定できない。

牢獄の厳しさに耐えかね、赦免を願いでて、鹿籠金山（枕崎市）に移され、水汲人夫となった。その時の牢訴状に経歴を書いているが、粉飾や虚偽が多いことが検証されている。

（『元禄太平記』に、伊勢参宮の帰路、夜船に同乗した大坂と京都の本屋が商いの現状や出版物の流行を語りあうという件がある。一、その内容が上方に限定されている。二、元禄十五年に初出版したのは大坂だった。三、遠流先が、当時西国出身が流される決まりだった九州だった）

こうした著作物や史実により、彼が関西出身で、著作が世に出た翌年には、江戸にいたという経歴は確実だ。

元禄十五年というと、西鶴没後約九年目である。英語で十年をdecadeというが、これには

「旬」という意味もある。西鶴の影響が浸透し、次にそれを乗り越えようとする動きが出る時期だったのだろう。

現に都の錦は西鶴を激しく批判した。『元禄太平記』に「元より西鶴文盲第一」（巻之一）等と、厳しい言葉が連ねられる。西鶴の影響から抜け出し、独自の手法をつかもうと、歩み出した、その瞬間、都の錦は思いがけない闇に入りこんでしまった。

江戸の掟

『元禄太平記』が出版された年の暮れ、江戸で赤穂事件がおき、世間は騒然となった。浅野内匠頭を切腹に追い込んだ吉良上野介の邸に、大石内蔵助に率いられた四十七士が押し入り、仇討ちしたのだ。

年が明け、その噂でもちきりの江戸で、著述生活から急転、都の錦は捕らえられた。

無宿人狩りにあったとされるが、遠流は刑が重すぎるため、赤穂事件を調べ、記録して刊行しようとした、講談に仕立てて噂を流布したため幕吏に睨まれた、等推測されている。

赤穂事件を題材にした都の錦の作品で最もよく知られるのは既述の『内侍所』で、写本が東京都港区の三康図書館、東北大学図書館、大阪府立図書館等にある。それを物語風にした『播磨椙原』も、東北大学や静嘉堂文庫等に写本がある。驚くべきことに、『播磨椙原』は二〇一一年、大阪府枚方市で自筆本が発見され、大阪市立中央図書館に寄贈されて、デジタルアーカイブで誰もが読める。

三百年もの長い時をへて、あらためて都の錦の存在がクローズアップされてきたのだ。

実録的な『内侍所』は五巻本や、『赤穂精義内侍所』と題された十二巻本等、異本が多いが、いずれの序にも、元禄十六年四月に江戸・深川の旅館において書いたと記される。

吉良邸を襲った四十七士が切腹して果てたのは、二ヵ月前で、江戸の町はいまだその噂でもちきりの頃だった。

赤穂事件の口上書「介石記」(幕府旗本・朝倉景衡が『遺老物語』に拾遺し今に伝わる)の写本を、都の錦は入手し、さらに自身が現場を歩いて事情を調べ、宿で、著作に及んだ。

幕府はそれより半世紀程前の寛文年間(一六六一~七三年)、版木屋の規制をはじめていた。天和二年(一六八二年)には高札をたて、町触れにより「確かならざる書物商売を禁ず」と厳格な態度をしめした。時事を取り上げた書物は流布させないという町触れは、その後も度々出された。

都の錦は、その禁忌に触れてしまった——。

西鶴の後継者と目されながら、対照的な運命を生きた都の錦は、政治的事件に、小説は係わるべきか否かという課題を問いかける。
平安歌人の藤原定家が、源頼朝の挙兵を知った時に記した言葉がある。
「紅旗征戎　吾事に非ず」(『明月記』)
——戦争は、たとえ大義のためであったとしても、歌人の自分と関係がない——

「芸術は独自の美の世界を護るべきで、政治とは無縁である」という意味合いだ。

この言葉は、王朝歌人のみでなく、文学全般に及ぶのだろうか。

都の錦は反体制を意図した訳ではないのに、九州へ流され、悲惨な目にあった。出版が実業となった江戸の最初期に、「政治と文学」という難問が生じているのだ。

多数の人々を対象とする小説の場合、彼らの鬱屈に寄り添い、束縛的な現実への不満解消に応えたら、受け入れられる。都の錦は、江戸の人々が義士の死を悼みながらも快哉を叫ぶ姿を目の当たりにして、義士の心情を表現せんと欲した。おかげで西鶴とは、まさに光と影、命運を大きく分けてしまった。

西鶴について都の錦は、『元禄太平記』に「西鶴が軽口、ぬれ文の発明、諸国に聞こえて其身誉れとるに似たる」（巻之二）と評した。身分制度の厳しい江戸時代に、町人の西鶴が名声をえるなど、「誉れとるに似たる」前代未聞の出来事だった。

かたや都の錦は、悲惨きわまりない入牢生活。捕縛されるとは露知らず、巷の話題をさらった仇討ちをテーマにしたためだ。その時代の人々の心を、文章で形象化するのが物語作者の宿業とはいえ、末路が酷すぎる。

浮世という、その時代の「今」をテーマにした読み物が出現した江戸時代中期の、その出発地点で、小説の正と負——人気をさらうポテンシャルの高さ（正）と、為政者に目障りな存在として排除される危険性（負）——が明確になっている。

近・現代文学は、この難問に、血の犠牲を払って、立ち向かわねばならなかった。

ベンチャー起業として始まった小説本出版

危ない橋ながら、小説本がとにかく、実業として世に現れた。

古典にくわえ新著を本にすることが可能になったのは、町人を担い手とした、版木整版による出版業が市井で始まっていたからだ。

徳川家康の孫の和子が後水尾天皇に嫁し、公武が共に手を携えて文治をすすめた寛永（一六二四～四四年）の頃の、京都においてだった。それまで寺院の工房が担い手だった版木彫刻の整版印刷が、町人によりなされた。（今田洋三『江戸の本屋さん　近世文化史の側面』）

活字印刷は、豊臣秀吉の朝鮮出兵により移入されていたが、徳川家が独占していた。大寺院は経典やその解説本を信者に安く提供する必要にかられ、印刷法としてはるかに手軽な版木印刷をすすめた。最初は僧坊で、ほどなく町人を後援して、出版業の誕生をうながした。最初期は慶長十年代（一六〇五～一四年）とされ、慶長十九年には空海の詩文集『遍照発揮性霊集』が開版された。

書物の愛好者が、一気に増えた。武士や豪商、豪農たちの関心は高く、『源氏物語』『伊勢物語』『徒然草』『平家物語』といった古典や漢籍が次々開版され、京都の書商は次第に老舗の風格をかもし出していった。

そうした書商に請われ仏典の解説書等を書いた僧侶の浅井了意は、寛文六年（一六六六年）に中国明代の『剪燈新話』を、舞台を日本に変えて翻案した怪奇物語『御伽婢子』を出版し、人気をえた。以後、仮名で書かれた読み物「仮名草子」が一般に浸透した。

「浮世草子」というこの時代の「現代小説」が登場する時代がいよいよ近づいてくる。

さて『御伽婢子』を出版したのは、京都の西沢太兵衛という新興商人だった。井原西鶴の『好色一代男』版元も、大坂思案橋荒砥屋という、書商組合に記録の残らない新参だ。

ベンチャー企業ともいうべき、挑戦者によって、日本初のベストセラー小説『好色一代男』は世に出されたのだ。


元禄時代に入って商業がますます隆盛し、町人文化が花開くと、出版物はさらに多種多様になった。近松門左衛門が傑作を数々生んだ時代ゆえ浄瑠璃本の人気が高く、松尾芭蕉の活躍で俳書が盛行し、また生活の豊かさを反映して華道の指南書、役者評判記等々……。元禄九年（一六九六年）、河内屋利兵衛が市場に出まわっていた出版物を調べて『増益書籍目録大全』に記録したが、それによると七千八百点という膨大さだ。出版物が庶民にいかに広く浸透していたかが分かる。


産業が活発化し、江戸町人文化は高度に洗練された。近代資本主義の発展をうけて近代文学が登場した、十七世紀のヨーロッパを彷彿させる。

それも当然で、江戸は人口百万人の、世界最大の都市となった。江戸時代初期から中期にかけて、大坂、京都、江戸の三都は拮抗していたが、寛政期（一七八九〜一八〇一年）には江戸が新しい江戸文化を爛熟させていった。

そんな江戸の文化史において、出版業で最大の業績を残したのは蔦屋重三郎と、誰もが認めるだろう。安永始めに（一七七二年～）吉原大門口で「吉原細見」を販売し、商いを軌道にのせた。次に浄瑠璃の富本節正本の刊行をおこない、遊興の地と演劇界で名をなした。名高い蔦屋ながら、井原西鶴を日本中に知らしめた荒砥屋のように、当時は新興だったのだ。

無名の歌麿の売り出し、『南総里見八犬伝』の滝沢馬琴は蔦屋の手代、『東海道中膝栗毛』の十返舎一九も蔦屋の下職と、息のかかった人々が高度な文化を形成していった。また浮世絵師による絵入り大人向け読み物の黄表紙や洒落本などを後押しして、成功させた。

まさに総合プロデューサーというべき蔦屋や老舗書肆の鶴屋等の目配りのもと、江戸独自の書物世界が展開された。

この頃、小説は戯作とよばれ、圧政の「生かさぬよう殺さぬよう」「依らしむべし知らしむべからず」の時代にありながら、自由きわまりない想像力の世界を創りだした。

山東京伝、滝沢馬琴そして大坂の上田秋成らは、先駆となった元禄の西鶴、芭蕉、近松門左衛門らに勝るとも劣らぬ人気と芸術性をみせた。かくして江戸文学は、王朝文学や中世隠者文学の高峰に連なる、日本文学の頂点の一つとなった。

江戸時代の「メディア萎縮」

しかし幕府の統制により、自由奔放な江戸ワールドは萎縮していく。

世相を風刺する黄表紙や遊里の洒落本を嫌った松平定信が老中首座につくと、蔦屋の出版物を次々絶版処分にした。

黄表紙の代表的作家・山東京伝さえ、教訓的要素を取り入れざるをえなくなる。寛政二年、北尾政演画で刊行した『心学早染草』は、流行のしゃぼん玉を天帝が吹いて人の魂とし、球形の善玉が歪むと悪玉となって子供をぐれさせるという筋立てで、着想と絵の面白さが大評判だった。話題になると、幕府は過料（罰則）を科すだけでは収まらない。山東京伝に手鎖五十日の刑を申し渡した。当時の投獄は、死刑に等しい。苛酷な入牢生活で、彼は執筆への情熱を失ってしまう。

蔦屋は起死回生、写楽の役者絵を高価な雲母を用いて出版し、浮世絵は究極のデザイン性に到達したが、刷立禁止を命じられた。

絶望のうちに、蔦屋は命終を迎える。

幕府の取り締まりに苦しんだこの時代、滝沢馬琴は稀な例外だった。万人に愛され、幕吏さえ味方につけた。明治の新時代になっても圧倒的人気は衰えず、外孫の渥美正幹は宮内省の図書掛に抜擢された。彼の小説は、なぜこれほど強い生命力をもつのだろう。

江戸時代は俳諧が流行し、付合のための俳諧の冊子（俳書）がさかんに求められた。だが与謝蕪村ほどの俳人でも、絵画で妻子を養ったので、俳句のみの本（発句集）が売れたわけではない。

随筆も内情は同じだ。蕪村が俳聖と仰いだ松尾芭蕉は、名作随筆『嵯峨日記』を存命中、商業出版できたわけではない。出版が業として市井に現れた江戸時代から、発行部数という観点から見れば、小説以外の文芸はわずかな存在だ。

大書肆・嵩山房の出版した『唐詩選』は評判になったが、発行部数は二、三千部とされる（今田洋三『江戸の本屋さん　近世文化史の側面』91頁）。いっぽう蔦屋の黄表紙は「一万二三千部に至る事あり、猶甚だしく時好に称ひしものあれば、そを抜き出して別に袋入りにして、又三四千も売る事ありといへり」（前掲書、122頁）と滝沢馬琴は「江戸作者部類」に記し、江戸末期の柳亭種彦『偽紫田舎源氏』は、一万五千部程度刷られたと推計されている。

徳川の長い治世を通じ、ベストセラーは、やはり小説なのである。

人気があるから出る、人気があるから取り締まる……。為永春水は『春色梅児誉美』で情痴を描いて世を乱したと、手鎖五十日の刑。失意のうち死去した。そして柳亭種彦も。

江戸の戯作者は命懸けだ。

以後、小説は、どの時代も、流行と抑圧という、両極へ揺れつづけていく。

第三章　幕末の破滅と創造

森鷗外　大正４年　観潮楼の門前前で
本郷区（現文京区）駒込千駄木町
（日本近代文学館所蔵）

干潟で生き延びた戯作者

新政府軍が彰義隊を全滅させたとの噂を、妻女が聞いてきた。

「上野の森が血の海だって」

と、声を震わせる。その蒼白な顔から、魯文は目をそむけた。

「白湯をくれ」

一言命じて、畳にごろりと横になった。落ち窪んだ眼窩に光る眼が、当代一の戯作者と名の知られた男らしい鋭さだった。

魚屋の倅だ。俳句や狂歌を嗜んだ父の影響で文章を好み、十九歳で浮世絵に狂歌を添えた摺物を出して名がひろまった。知人に頼まれ書いた引札の惹句が評判をよび、注文は江戸中からひきもきらず。安政大地震を題材にした「安政見聞記」も手がけ、次第に文名が上がったが、鳥羽伏見の合戦以来、潮がひくように仕事が途絶えていた。

江戸の人々は、息を殺すようにして、そのときを待っていた。幕府がいよいよ崩壊する……。

木挽町に豪壮な屋敷を構え、一万石拝領の狩野家さえ零落するご時世、浮世絵師も戯作者も、干潟であえぐ魚の惨めさだった。

ほどなく江戸城が無血開城され、明治政府が組織された。文明開化のかけ声が姦しくなっても、魯文は相変わらず、食うや食わずの貧乏暮らし。あばら家に、ある日、寝耳に水の話が舞い込んだ。

ざんぎり頭の威勢のいい男が訪れ、新聞の文章方をしてみないか、と言うのだった。

新商売を、おれに、やれと……。

「すごい機械ができたのだ」と、男は顔を紅潮させ説得につとめた。

手摺り瓦版の時代は終わった。これからは機械で刷った新聞が毎日でるのだ、と聞かされても、魯文は何のことやら訳がわからなかった。

黒船が来てから、夢のようなことばかり起きる——。魯文は驚き呆れながら、俸給の申し出に、思わず落涙した。

——これで、生きていける……。


ペリー来航が間近にせまった嘉永元年（一八四八年）、長崎の出島で通詞をつとめた本木昌造がオランダ製活字と印刷機を手に入れ、研究を重ねて鉛製活字による印刷術を完成させた。それが日本文学に与えた影響の大きさは、存外、軽視されている。

ここで再認したいのは、壊滅状態だった戯作を救い、江戸文化を断絶させず、明治文化に繋げたことだ。日本初の日刊紙・横浜毎日新聞の第一号は、明治三年（一八七〇年）十二月八日付。文章方に抜擢されたのが、仮名垣魯文だった。

活版印刷は版木印刷より遥かに高速で安価で、大量印刷ができた。おかげで日刊紙発行が可能になったわけだ。横浜毎日新聞、それに続いた東京日日新聞（現・毎日新聞）は、政治・経済を論じて大新聞とよばれ、やや遅れて芸能情報や噂話を売り物にした小新聞が登場した。そこに戯作者が「つづき物」とよばれた連載小説を盛んに書いた。立身出世に恋をからめた通俗小説だったが、人気は高く、大新聞も小説を掲載するようになり、小新聞は政治・経済ニュースをのせ……と、大小の区別がなくなっていった。

さらに写真の代わりに錦絵が現場の様子を伝えた絵入り新聞が登場。紙媒体は活況を呈した。活版印刷と版木印刷と、新旧入り混じった混乱のなか、新聞の記事が好評な仮名垣魯文は小説本も手がけ、福沢諭吉の『西洋事情』をもじった『西洋道中膝栗毛』や『安愚楽鍋』、また『仮名読八犬伝』などで読者をつかみ、文明開化の世に戯作者の本領を発揮した。

江戸文学が終焉を迎えたとき、時代の荒波を乗りこなした書き手は、引札という、注文主の要求に応じて宣伝文を書く、今でいうコピーライター出身だったのだ。

文学エリート登場

維新の混沌がいまだつづく明治十八年、坪内逍遥が『小説神髄』を著した。本邦初の、本格的文学論だった。

そのとき、逍遥は二十六歳。尾張藩士の父から漢文の手ほどきを受け、江戸戯作や和歌、俳諧に夢中の十代をすごした。官立愛知英語学校で選抜生となって上京し、開成学校から東京大学へすすみ文学士の称号を得て、と順調だったのに、卒業後、職につかず、「学事専念」する旨の手紙を長兄に出して、文学研究に全力を傾注した。

その成果が『小説神髄』だった。小説とは何かを、小説の変遷や種類、叙事法等を西洋文学と国文学から実例を引きながら論じた。

若き文学エリートのこの著は、発表時から話題だった。とはいえ、無名の学究の書である。なぜ以後教典のように、小説の規範とされたのだろう。

まず時期に、状況を探ってみよう。逍遥が学んだ東京大学に和漢文学科がもうけられたのは明治十年。

八年後の『小説神髄』出版時、巷で流行していたのは、意外にも、政治小説だった。

倒幕の熱気いまだ冷めやらず、旧態を壊して新政を創始しようという意気込みで、国民は高揚していた。西南戦争が収束し、西郷隆盛が自刃したとの報が伝わると、多くの人が惜しみ、義憤を抑えられなかった。彼や、坂本竜馬ら若き志士たち、新撰組、会津藩士の記憶がいまだ生々しい。彼らの犠牲をへて、明治政府は指導権を握ったのだから、必ずや、政治の理想を実現すべきだ——。

明治十四年、板垣退助が自由党、大隈重信が立憲改進党を結成すると、それぞれが機関紙を運営し、理念を伝える政治小説を掲載した。

代表的作品として知られる『経国美談』(明治十六年)は、立憲改進党の機関紙・郵便報知新聞の社長・矢野龍渓が自ら筆を執った。古代ギリシャを舞台として政治の理想を存分に語って、世の喝采を浴びた。

多数の人々に受け入れられ影響力をもつと、いつの時代も、お上が黙っていない。明治政府は新聞紙条例・出版条例を改定して取り締まりを強化した。おかげで新聞記者の筆禍が頻発した。

そんな時勢を象徴するような『経国美談』が出版された二年後、『小説神髄』が顕れたのだった。


「小説の主脳は人情なり、風俗世態これに次ぐ」との定義は、広く知られる。

坪内逍遥はその主張を自ら実践するため、小説『当世書生気質』を書いた。東京での学生生活。神保町あたりで本をあさり、帰りにすき焼きで腹ごしらえして揚弓屋で遊ぶうち、遊郭のある根津の紅灯が気にかかる――。

英語で小説をノベルと言い、それが「新しさ」という意味だと熟知していた彼の、「今を描きたい」という意気込みが、『当世書生気質』の「当世＝今」という言葉に込められている。

明治の最新の「今」を捉えたこの小説は共感をよび、出版の二年後に芝居に脚色されるほどの人気ぶりだった。

小説本出版に挑戦した者たち

小説本の大量販売を可能にしたのは活版印刷の導入による安価な供給だった。明治十年代、小説本は出版点数と売上げが急増した。

明治期の活字本の最初は、明治五年に発行された福沢諭吉の『学問のすゝめ』とされている。筆書きに近くて馴染みやすい清朝体が採用され、百万部超といわれる、空前の売上げをみせた。

そのブームをみた内務省は、出版業の整備が喫緊の課題であることを思い知った。文久年間（一八六一～六四年）に欧州視察した福沢諭吉が『西洋事情』で版権制度を紹介していた。これに基づき政府は明治八年、出版条例を制定し、本を出版する者は内務省に出願して、版権という専売権を取得するよう定めた。

坪内逍遥の『小説神髄』はこの条例通り松栄堂から出版されたが、版権を取っていたのは東京稗史出版社だった。この会社は当時の新聞広告等にしか記録が残らず、新興業者とみなされている。官吏から野に下り、活版印刷による出版社を立ち上げたらしい事情が、坪内逍遥の日記や当時の新聞広告により明らかにされている（磯部敦『出版文化の明治前期　東京稗史出版社とその周辺』）。

しかし三年程で行き詰まったらしく、『小説神髄』の専売権を内務省に出願しながら、明治十八年、松栄堂に譲渡した。

東京稗史出版社は滝沢馬琴の復刻や三遊亭円朝の『怪談牡丹燈籠』、立身出世物語の新聞小説『世路日記』等々、ヒット作を出しながら、流れ星のように消えていった。

活版印刷による小説本が、明治十年代、ベンチャービジネスだったことが分かる。

江戸中期の天和二年（一六八二年）に井原西鶴の『好色一代男』を出版したのも、大坂の荒砥屋という記録が不明の、新興と推測される業者だった。

江戸時代、版木で印刷した小説本が新参によったように、約二百年の時を経て、ふたたび活版印刷という印刷技術の革新がおきて小説本が大量に作れるようになったときも、若い起業家の挑戦があった。

しかし危険な冒険だった。読みやすくて、一気に広まったが、どれだけ売れるか、刷りすぎても足らなくても、ビジネスを軌道にのせるのは難しい。新興には至難だった。

版木印刷の和装本は本文に挿絵が入る場合が多いが、活版印刷は「読ませる」ことを主眼にし、木版画は前付けのみ、本文はたいてい活字で埋めつくされた。そんな新製品に、古書店として実績ある業者も挑戦しはじめた。「和装本は装丁の主流の位置を洋装本に明け渡した」(『日本出版史料』八号、139頁)と、様変わりだった。

かくして明治十年代に、小説本が量産できる態勢が整ってきた。江戸戯作の翻刻、講談筆記、絵入新聞の連載小説、政治小説、翻訳小説もくわわり、小説本が奔流のように世に送りだされた。

近代文学誕生

江戸戯作の時代は終わった、小説も文明開化されるべきだ。しかしそれにはまず日本語をどう表記していくか——。

すべてをカタカナ表記か、否いっそ英語にしろという暴論まで出て、喧々諤々、後の東京帝国大学文学部長・上田萬年らが激論を戦わせた経緯は、山口謠司『日本語を作った男　上田万年とその時代』に詳しい。

文化も列強に追いつけ追い越せという国家戦略により、政府は溢れ出る出版物をどうすべきか、臨時仮名遣調査委員会等を組織して論議させていた。

小説を取り締まるばかりでなく、人々に及ぼす影響力を上手く取り入れたほうが得策だと察知し、方策を模索した。仮名垣魯文を呼んで戯作の状況を聴聞し、坪内逍遥の活動にも注目していた。

この混沌とした時期に、本邦初の文学論『小説神髄』が出版されたのだ。

近代文学宣言として、今も日本史教科書にその表紙が掲載されるほど、公認されている。

そこにどれだけ政治的意図があるのか検証しようがないが、小説とは「人情を主脳とする」という主張は、為政者にとって与し易いものなのだろう。

後に続いた作家たちは、創作にあたって「小説とは人情を主脳とし」という逍遥の定義を、必ず考えさせられ、意識せざるをえなくなる。

ある小説が、この定義にどれだけ合致しているか、あるいは外れているか。近代以降の小説を理解するのに、一つの指標となりうるほどだ。

あなたは小説に理想を求めますか

逍遥の答えは明快だ。小説は人情や風俗世態を描けばよいので、理想は必要ない、というのだ。

真っ向から対立し、理想がいるとしたのが、森鷗外だった。二人の応酬は「没理想論争」と名づけられ、文学史に残る。

以後、理想派の森鷗外の足跡を追うことにより、史上はじめて西洋文学を受容した明治文学の、現実的課題を照射してみよう。

明治期には、坪内逍遥門下でツルゲーネフの翻訳により近代文学の文体を創った二葉亭四迷、新聞小説の尾崎紅葉、文豪・夏目漱石らが、文学エリートと呼ばれるにふさわしい活躍をしたが、中でも森鷗外は異色の存在だ。日本が鎖国をといて海外に雄飛しようとした時代の、申し子だった。


津和野藩典医の家に生まれ、五歳で論語、八歳で四書五経を習得した抜きんでた秀才ゆえ、周囲の希望の星だった。六歳のとき幕府が崩壊。廃藩置県で東京にでた旧藩主に随行した父親とともに上京し十二歳で医学科予科に入学した。東京大学医学部卒業後、陸軍省に出仕。二十二歳で軍命により衛生制度調査、研究のためドイツに留学した。

陸軍での将来を期待される身ながら、彼は小説を乱読した。医学という「exact な学問といふことを性命にしてゐるのに、なんとなく心の飢を感じて来る。生といふものを考へる」（「妄想」）と告白する彼の、「心の飢え」を充たすのは、文学だけだった。

大学図書館に入り浸り、英仏独文学のみならず、西洋哲学や詩を読み漁った。童話の漢訳を日本に送り、『東洋学芸雑誌』に掲載されたのは二十三歳のときだ。

四年の留学期間を終えて無事帰国し、陸軍に戻ったが、海外で当時最先端の科学を学び、科学を視野にいれての文学探求も並行して継続した。文学への情熱は募るばかり、帰国直後、活動を本格化。出版社が文芸誌を定期刊行できない時代に、日本初の評論誌「しがらみ草紙」を創始した。二十七歳だった。

同じ年、読売新聞に戯曲の翻訳が掲載され、文筆における最初のチャンスを摑んだ。初論説「医学の説より出たる小説論」も同紙に寄稿したが、これらが「国民之友」を主宰していた徳富蘇峰の目にとまり、訳詩集『於母影』が「国民之友」付録として刊行された。

「於母影」は好評を博し、鷗外は世の注目を集めた。

まず詩を世に問うて、人の心をつかむ言葉とはどういうものか体得し、その後、小説の実作に進んだわけだ。

とんとん拍子で、世に認められたが、政界の要人や乃木希典将軍とも親しい、歴とした軍人の身で、新興の新聞や出版業界に接近するのは冒険だった。実際、後年、いろいろ痛い目にあった。明治三十二年、東京から九州の小倉師団に二年九ヶ月移動させられたのも、左遷といわれる。

人情を書くのが主脳とした坪内逍遥は書斎にこもり、遊郭の娼妓と結婚したのが目をひくぐらいで破綻のない人生だが、森鷗外は多事多難だった。軍人でありながら文学に傾倒してその理想を追求したため、国家と個人の葛藤に悩み、西洋と東洋の衝突に苦しみ、波乱の生涯だった。

森鷗外　多面体のきらめき
医者がなぜ、小説を？

軍人として順風満帆な彼の前に、なぜ文学が、登攀すべき高峰として立ちはだかったのだろう。

「小説が小さいころから好き」（前掲書）と自ら告白する。読書に明け暮れた家は千住の医院で、患者たちの死を日常的に見ていた。

彼自身、医学を学べば学ぶほど、心は飢えた。十代から、医学と文学が、彼にはコインの表と裏になっていた。

二十七歳のときの論説「医学の説より出でたる小説論」で、その課題を問いかけている。小説を「見たまま」作りだしたエミール・ゾラ作『ナナ』の、本邦初の紹介においてだ。


かの鏡前に嬌態を弄する赤条々の淫女ナナが活肌は解剖卓上の冷肉におなじからざればなり。（中略）医は事実を得て自ら足れりとすれども、作者はこれにて足れりとすべきにあらず。

（「医学の説より出でたる小説論」）


ゾラは、人間を、「遺伝と社会の因果に縛られた存在」とし、そのテーマを、登場人物を幾世代にもわたらせることにより、多層的に小説化した。ゴシック建築さながらの壮大な小説世界は圧倒的存在感で、フランス、そしてロシアを席巻していた。

ゾラが遺伝の因果をテーマとしたのは、ダーウィンの唱えた進化論が登場した時代ゆえだった。つまり自然主義の文学は、自然科学や医学が進歩して人間の本態の認識が覆った結果、生じた理念だった。人間観を根底から変えるよう、科学の進歩が文学の変革を迫った、初例でもあった。

こう知ると、医学者・森鷗外が、ゾラを始め自然主義文学を日本に帰国後、まず紹介しようとした理由が納得できるだろう。

私以外の私

明治四十年刊行の田山花袋『蒲団』から、日本における自然主義文学は始まるとされる。しかしそれに先立ち、田山花袋は『野の花』序文で「小説は大自然の面影を描き出し、人生の帰趨を示す」と語った。

ここにすでに、本場欧州の自然主義との差異が生じているといわれる。自然科学に根拠をもって、個人が時代を超えて宿命の因果律を生きるというゾラの文学から離れているのだ。発祥地のフランスで自然主義は「自然科学」という意味合いを含有するが、日本では「自然」という言葉が「和」の風土に融解しやすかったせいかもしれない。

しかしながら、日本の自然主義の――自分自身、その感情をあるがまま、赤裸々に描きだすことにより人生を表現し、真実な生き方を探求する――ことは、実は当時、勇気のいる決意だった。小説の主人公が己の真実を主張しようとしただけで、社会に対する反抗となり、思想の表明となりえたほど、日本は封建的だったからだ。日本の「自然主義」は喧伝された時、「主義」と言う用語の字義通り、貫くのは命懸けの思想運動に似ていた。

それでも「他人のことを書くとどうも『真に迫る』度数が足りない」（中村光夫「風俗小説論」『昭和文学全集16』156頁）として、自然主義の作家たちが自己を赤裸々に告白した小説が、読者にも受け入れられていった。

私小説の流行である。

封建的な家に縛られ、耐え難く息苦しい「私なのに私でないような」日々に鬱々としていた人々は、「自分のための人生を生きる」私小説に、牢獄の壁が消えていくような解放感をおぼえた。

かくして多数の読者を獲得し、出版界から俄然、重要視された。このジャンルが「売れる」と認知されたと言い換えるべきかもしれない。おかげで日本の近代文学は、自然主義から私小説へ、雪崩れこんでいく。


海外に目を転じると、ロシアのドストエフスキーが話題の的だった。自然主義から生じたリアリズムを用いながら、魂を表現したと絶賛された。日本では明治二十五年に翻訳出版され、文学者や愛好者に、ゾラ以上に大きな影響を与えた。

いっぽう自然主義以前に欧州各国を席巻したロマン主義に、蠱惑的な町娘を愛するように惑溺した作家たちも多く、島崎藤村、泉鏡花から谷崎潤一郎と、ロマン主義の系譜は現代まで途切れず続いている。

森鷗外も初期はロマン主義といわれる。

事実の観察や心理分析はあくまで材料であり「之を使用する活法は製作性ある空想」(「今の諸家の小説論を読みて」)だと彼は主張し、この点でも、「小説の主脳は人情なり」、その人情とは「人間の情欲にて、所謂百八煩悩是なり」とする坪内逍遥と対立した。

森鷗外の言い分はこうだ。

「小説家の駆使すべきは人間の活現象なり。（中略）これによって、新しい一家の詩境をなす」（前掲書）

日本文学は、自然主義から私小説へと進もうとしているが、「見たまま」「感じたまま」作りだしたら、何故、私小説に帰結してしまったのか。私小説は自分だけの慰めにすぎないのではないか——。

日本的自然主義の流行に森鷗外は抵抗し、文芸評論誌「しがらみ草紙」を、身銭を切って刊行し続けた。日清戦争で中断したが、「めざまし草」と名を変え、再出発した。しがらみとは柵を意味する。めざましは、言うまでもなく、覚醒だ。世に溢れだした小説の濁流に柵をして、優美に流れる大河になれ、との希望がこめられていた。

めざまし草は、万葉集に拠っており、目不酔草とも書く。

暁の　目覚まし草と　これをだに
見つついまして　吾と偲はせ

（『万葉集』巻十二　3061）

芸術と人生の一致の果て

私小説をめぐる論議は森鷗外から始まり、昭和の小林秀雄や丸谷才一と、しばしば持ち出されてきた。日本の小説を、軟弱で矮小にした、と批判派は舌鋒鋭い。

西欧の自然派作家の描いた人間がすべて広汎な社会を背景とする典型であったのは衆知のことです。（中村光夫『風俗小説論』）

社会とつながらない「私」を基にして強い小説が生まれるはずがない、「自分のしたこと、思ったことをそのままに書いたもの」は随筆としかいえない心境小説であり、「小説とみとめない。小説はあくまでこしらえるものだ」（永井龍男の発言『瀬戸内寂聴全集十九』15頁）等々、批判は絶えない。

しかし私小説を代表する太宰治の時代を超えた人気をみると、「芸術と人生の一致」の強さを思わざるをえない。

太宰は没して半世紀以上を経た二〇〇七年、戦後の代表作『人間失格』が新装で発売され、二十万部以上売れて話題となった。表紙は人気コミック『デスノート』作者の絵が飾った。うつむき加減の若い男が荒いタッチでえがかれ、若い読者を魅了した。

太宰にとって、芸術の果ては、作品を現実化した心中だった。作家は、死に様が作風に合致していたら、小説のリアリティが増す。読後感が変わってしまうのだ。

おかげで物語作者はジャーナリズムの発達につれ、しだいにドラマ・クィーンとなっていく。

青い瞳のエリス

反私小説の論陣をはった森鷗外だが、初期の代表作『舞姫』は、彼自身の恋愛によった。ドイツ娘エリスとの恋。淡き想いではなく、日本陸軍では固く禁じられていた、外国人との同棲だ。

人生行路で常に危険な道を選ぶ、鷗外の気質が、この恋にもあらわれている。若さゆえの選択に、彼自身、後悔があるのだろう。この作について、「小なる人物の小なる生涯の小なる旅路の一里塚」(『改訂水沫集序』)と、懺悔の言葉を残している。

『舞姫』冒頭にはこうある。


人の心の頼みがたきは言ふも更なり、われとわが心さへ変り易きをも悟り得たり。きのふの是はけふの是なるわが瞬間の感触を、筆に写して誰にか見せむ。


人の心は変わりやすい。昨日の心は今日変わる、その「瞬間の感触」を筆に――。哲学を識りながら哲学とは程遠く、詩的でありながら詩の清透さとは程遠い、心変わりゆえ陥る、人生の深淵を写すのが、小説――。

と、鷗外は述べる。

『舞姫』との恋は不運だ。

美貌のエリスとの同棲は噂となり、妬心をもつ留学生の同輩に「色を舞姫の群れに漁った」と上官に告げ口され、主人公は窮状に陥った。妊娠中のエリスを慮って、自身の帰国を隠したのに、大臣の供としてロシアへ旅した隙に同輩に暴露され、エリスは錯乱した。

まだ十代のエリスを、彼は破綻に追いやった。心変わりの「瞬間の感触」とは、心に潜むサディズムの自覚か、懺悔か、答えを出さぬまま小説は終わる。

ベルリン、ペテルブルグ、アドリア海と、ヨーロッパの夢幻のような景観を背景に、エリート留学生が思いがけず迷いこんだ魔の瞬間を、読者に強烈に印象づけながら――。

金髪美人との愛と性は、明治人に衝撃を与えた。森鷗外はセンセーショナルに、スキャンダラスに、世に出たのだ。

新聞が津々浦々で読まれ、ジャーナリズムが発達するにつれ、小説が世間に認知されるには、スキャンダル性がしばしば伴った。

森鷗外は、はからずもその最初期の例となった。理想を求めて小説に没頭したはずなのに、かく受容されたのは、皮肉な現実だった。

心まで奪うもの

哲学や詩と近縁とは信じ難い、人間の埒外の悪業あるいは宿業を小説はとらえる。それは、道徳的な人間観、たとえば「他人を思いやる」とか「命を大切にする」等から、かけ離れた、恐ろしい姿だ。日本文学史上初のベストセラー作家・西鶴がすでに、「心はもと虚にして」(『日本永代蔵』）「人間ほど化物はなし」（『好色盛衰記』）と記している。

化物性は、日本を我が物顔で闊歩する軍に顕著に現れていた。日清戦争に勝利した軍兵が民衆に乱暴狼藉。上層部は抑えるどころか、軍備増強に余念がなかった。堰を切ったような勢いで、軍国主義が進行していた。

森鷗外は日露戦争時、中国に派遣され、残虐きわまりない戦争の現実を目撃した。ところが戦争に材をとった短編「朝寝」は、肩透かしをくらった気がするほど軽い。

主人公はいつも寝坊する従軍記者。戦場ではわずかな遅刻が許されざる失態なのに、男は決戦を前にして高いびき——。

こんな切り口にせざるをえない、作者の悲嘆を、読みとるべきだろう。中国で見聞した戦争の、本当の話など、書けなかったのだ。

明治三十一年、近衛師団軍医部長に就任したが、翌年、九州・小倉への移動があった。左遷といわれる。彼は、軍について、沈黙するほかなかった。不穏な時代だった。文学への監視は厳しさを増すばかり……。

日露戦争から帰国後に森鷗外が発表した政治とは無縁の自伝的『ヰタ・セクスアリス』でさえ明治四十二年八月に発禁処分となった。

翌年、大逆事件が発覚。

国家攪乱の企みとして、幸徳秋水ら十二名が死刑、五名が獄死、裁判は非公開だった。

幸徳秋水は若き英才として知られ、独力で渡米する豪胆さももっていった。世が世なら、成功したに違いない人物が絞首刑に、愛人の菅野スガも極刑に処された。

文筆に携わっていた者は皆、震撼した。

坪内逍遥にも、十二年前の明治二十一年、思いがけない事件がおきていた。読売新聞に連載した政治小説「外務大臣」が、大隈重信側の抗議を受け、中断されたのだ。『小説神髄』で彼が述べた「世態」には当然、政治情勢が含まれるので、逍遥は見たままの現実を書いたわけだが、お上には、あっさり弾き返されてしまった。

以後、彼は、現代（当世）物を書きづらくなる。

現代小説から離れ、シェークスピアの翻訳に情熱を注ぐなど、演劇に傾倒していった。

論争家の森鷗外は黙っていられず、翌年、「文芸断片」において「芸術に迫害を加えるのは、国家のために惜しむべきである。学問の自由研究と芸術の自由発展とを妨げる国は栄えるはずがない」と、苦渋の胸中を明かした。

しかし彼は同時に、身の処し方を、切実に考えざるをえなくなる。弟子の、証言が残る。「スバル第七号は例の『ヰタ・セクスアリス』を載せたる故を以って発売禁止を命ぜられた。こんな事より先生の博学と文芸趣味とが陸軍省内一部の間には苦々しく冷眼視された。唯山県公、寺内伯、乃木将軍等は内心特に先生の深き造詣に敬服して居られたが、少し控えめにすることを注意されたとも聞いた」（山田弘倫『軍医としての鷗外先生』医海時報社）

二年後、明治天皇が崩御。大葬の夜、乃木希典将軍は割腹して懐剣に突っ伏し、喉を貫いた。見届けた妻も、後に続いた。

将軍夫妻殉死の急報は、日本中に衝撃を与えた。鷗外もその一人だ。大権の前に、個人がここまで無になって命を差し出す。それなら、個人とは、何なのだろう。

鷗外は小さいときから、「二親が、侍の家にうまれたのだから、切腹ということが出来なくてはならないと度々諭した」(「妄想」)という。

自分も殉じ、腹を切るべきか。

外圧により開国し、歩みはじめた近代は、急速に天皇制イデオロギーを絶対化していった。そんな時代にも、確かに息づく、この心……でも、それを惜しみなく差し出すべきとの信念を、将軍は貫かれた。

鷗外は、切腹をテーマにした小説しか頭に浮かばなくなった。「興津弥五右衛門の遺書」を「中央公論」に、次いで短編「かのやうに」で、日本を歴史的に凝視し、決意した。

「神が事実でない。義務が事実でない。これはどうしても今日になって認めずにはいられない」。でも、神や道徳が在るかのように生きるほかない――。

現代小説は書けず、歴史小説に転じた。「山椒太夫」そして「高瀬舟」と、時代を遠く離れたのに、なお生と死との境を探らずにいられない。「高瀬舟」一読後の、感動を忘れられる人がいるだろうか。弟を殺したとして、流罪になった主人公の懊悩を。


弟の目は恐ろしい催促をやめません。それにその目の怨めしそうなのが段々険しくなって来て、とうとう敵の顔をでも睨むような、憎々しい目になってしまいます。(『高瀬舟』)

首に刺さった剃刀の柄を、兄はぐっと握って引き抜いた。己れは罪人になっても、弟を楽にしてやりたい。それが善だと、心は叫ぶ。

幇助は罪なのか。鷗外の問いかけは、万人の胸に迫る。

他者との関わりが、人をどれほど思いがけない場所へ誘ってしまうか。

鷗外自身、医師として、死の淵へ転がる瞬間の感触を知りつくしていた。戦争に従軍し、儚い命を生きる個人を、最も残酷な運命へ誘うのが戦争であることも思い知った。

そして殉死した乃木将軍……。

自然主義から生まれた私小説が、自分の感情のままに生きる個人を描いて圧倒的支持を得た、明治の日本。でも、その個の解放とは、何だったのだろう。自由になったはずの心が、これほど空になりうるのなら。

死への誘惑者

心が、いかにたやすく破滅へ誘われていくか。その瞬間を、森鷗外をはじめ、さまざまな作家が捉えてきた。

現代では、例えば、こんな風に……

昭和八年、「三原山の煙を見たらわたしの位牌と思ってください」という遺言を残し、女子大生が投身自殺した。その直後、山道を錯乱して彷徨う女性が保護された。警察の取り調べに、彼女は答えた。一月前にも別の女性が火口に飛びこむのにも同行したというのだ。

自殺か、他殺か。事件は大きく報道され、世間を騒がせた——。

ここまでは事実である。それから太平洋戦争をはさんで四十七年後、高橋たか子は、二人の女子大生の投身自殺を幇助した女性の心理に興味をもち。他者と関わり、思いがけない深淵へひきずりこまれる瞬間、その魔の感触を凝視して、物語化した。

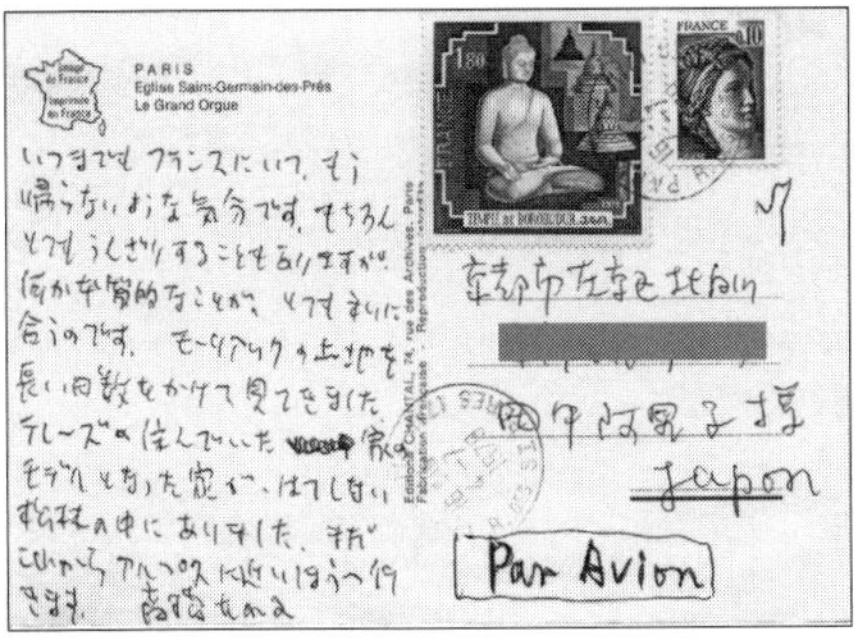

昭和53年　高橋たか子　パリからの葉書

　二人はさらにもう一段降りれば火口のへりまでまっすぐに行ける段の手前で、向き合って立つことになった。
　「あなたがいなければ私は死ぬことはないんだわ」（『誘惑者』151頁）

女は本当に、投身自殺へ誘ったのか、否か。

作者の戦争体験抜きで、この作品は生まれなかっただろう。昭和七年生まれの作者は、多感な十代のとき、敗戦で、日本の精神が全否定されるのを体験した。森鷗外が「あるかのように」生きるしかないと言った精神が。

高橋たか子は日本とは何かを考え抜き、そこに国家によるサディズムを見出し、日本を捨て、渡仏し、カトリックの修道院に入った。

「哲学の代わり」という名をもつ主人公の哲代は、ひたすら空白なのだ。日本人の抱えていた虚そのもの。闇雲にどこかへ向かう力に、からめ取られるだけの、空虚な容れ物――。

「誘惑者」は美しい細面を崩さず、妖しく光る瞳で、山を見上げる。彼女の背後には、火口の噴煙が、人の世の怖さを教えるように、くすぶりながら立ち上っている。

第四章　人生を変えたい

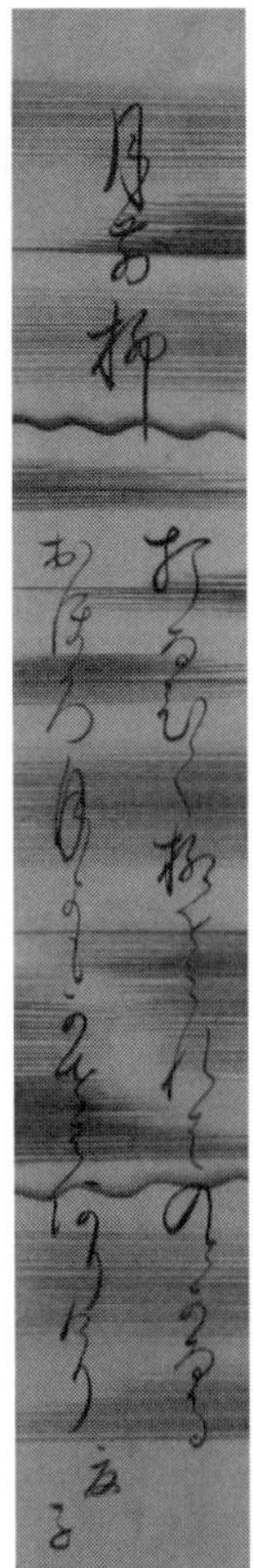

一葉が歌塾に入門して初の発会にて詠じた歌
（樋口一葉記念館所蔵）

千載に残さん名

幼い頃がふと、なつかしくなったら、「たけくらべ」を読めばいい。仲間と一緒にいるだけで楽しかった、二度と帰れない日々。詩のように美しい散文でえがかれる。

廻れば大門の見返り柳いと長けれど、おはぐろ溝に燈火うつる三階の騒ぎも手に取る如く、明けくれなしの車の往来にはかり知られぬ全盛をうらなひて、大音寺前と名は仏くさけれど、さりとは陽気の町と住みたる人の申しき……


東京名所の、吉原大門前の道は登楼客でにぎわうが、みな行きずり。町の人々は陽気を装い、客の袖を引かんばかり、商いに必死だ。

そんな界隈で育った、美少女の美登利と寺の息子の信如は幼なじみ。たがいに気がかりだが、十五の冬に道が分かれ、淡い恋には、悲しい運命が待っている。

美登利が、売れっ妓の姉の所へ行って、にわかに大人めいて、物語は終わるのだ。

吉原そばで商いをするため、人力車屋が隣の長屋に、一葉が転宅を決めたのは明治二十六年、夏の始めの七月十八日だった。妓楼の寮や女衒の家が近辺にある陰惨な環境での暮らしぶりは、「塵の中」と題された日記に克明に記されている。

一葉日記は文学に志した十六歳の時から二十五歳まで書きつがれた。名文で、隠れた名作といわれる。「若葉かげ」「蓬生」「水の上」等、章の表題が、その時々の境遇をあらわすが、吉原時代は「塵の中」と題され、その非情が想像される。

とはいえ文明開化に置き去りにされた所ゆえ、江戸の風情と行事があった。八月の千束神社は神輿が華やか、夜の玉菊灯籠は艶美で、春秋二度の俄《にわか》は遊女が屋台囃しの芸をみせ、目を楽しませた。一葉は妹を誘って見物し、文章に残した。

二十二歳の若さで、吉原を転居先に選んだ彼女は、華やぐ遊郭がいつか消え去ると、予感していたのだろうか。吉原はほどなく、海外から批判を受け、見る陰もなく衰微する。冒頭の「全盛をうらなひて」というくだりの、「占いて」の語が、将来の、はかなさを感じさせる。

井原西鶴は何が流行するか見抜く力があったが、樋口一葉は滅亡を予感する力をもっていたようだ。「かくれ岩にくだけざらん」（明治二十八年十月）と、自身の短命を予想したような言葉が、日記に散見される。


天才・一葉の生涯は調べ尽くされている。日記、妹による覚え書、書簡を元にして、伝記・論評が数多ある。

ここでは、その生涯を、出版社の創生と重ねあわせていく。出版が近代産業となった、まさにその瞬間に生きた人であり、実業としての出版を見るのに絶好の手がかりなのだ。

彼女が小説を生涯の夢とした明治十年～二十年頃の、近代文学の黎明期には、現代の公募のような、万人に開かれたチャンスは夢のまた夢だった。

そんな時代に、一葉は女性ながら、作家として世に出た。なぜ、彼女は成しえたのか。

生涯に、答えを探ってみよう。

明治五年、東京府に生まれた。戸籍名は奈津といい、父親は山梨県の中農出身だったが、志を抱いて幕臣の株を買い、江戸で士族となった。維新後は警視属のかたわら金融業を営むなど、新時代らしい職業を試みた。父親のこうした生き方は、娘に影響したのだろう。彼女も生まれ育った境遇を、独力で変えようとした。

死後は燃やすようにと遺言した日記には、強烈な意志が綴られる。現実の厳しさに揺れる心も。「十六計の時成りし。洋服出立の若き男、立派なる車に乗りて、引きこませしを見し時、『三寸の筆に本来の数寄を尽くして、人に尊まれ身にきらをかざり、上もなき職業かな』と思いし愚かさよ」（［明治］二十五年十二月二十八日）。

若手人気作家に憧れた十六歳の自分への自己嫌悪は、生活苦ゆえだった。筆一本では食べていけない。それでも、「人世を知り天地をしり古来今に渡りて宇宙の美を求めんとす」（二十六年五月二十七日）との情熱が彼女を鼓舞し、執筆にかりたてた。

小説に人生を賭ける夢を、あきらめなかったのは、文明開化の新時代にふさわしい、小説家の活躍があったからだ。戯作の流れをひいた斎藤緑雨や尾崎紅葉らの新聞小説が、新しい風を吹きこんだ。

尾崎紅葉は東京大学で和文（国文学）を専攻、在学中に、読売新聞専属に抜擢された。当世風俗も時代物もこなす才筆で、戦国時代に題材をとった『二人比丘尼色懺悔』はベストセラーになった。一葉が十六の時に憧れた若手作家とは、紅葉かもしれない。三十代の若さで牛込に屋敷を構え、「横寺町の大家」と羨望されて、文芸が立身出世の手段たりうることを世に示した。

妹・邦子の回想に、幼いころ、樋口家では読売新聞を購読しており、兄達が音読すると一葉が大人びた調子で真似て、周囲を驚かせたとある。

生まれ育った広壮な屋敷の土蔵で草双紙を読みふけり、強度の近眼になったという逸話が残るほど濫読した少女期を経て、十五歳で歌塾・萩之舎に入門した。娘に好きな道を進ませたのは、父親が学問好きだったためだ。

だが荷車請負業組合の設立に誘われ、貸した金を回収できぬまま心労のため急逝。後を追うように長兄が亡くなり、残された母と娘二人は困窮した。

その日の食べ物にも事欠く暮らしで、一葉は歌塾に住み込んだりした。内弟子といいながら「下女の如し」と妹が嘆く待遇だ。汚れ仕事を終えて、着飾った名門の子女に混じり和歌を学ぶ屈辱。抜群の学才をもつ自信で自分を支えながら、いつしか歌ではなく、小説を書きたいとの想いが、心に燃え上がった。

でもどうすれば、小説で生きていけるのだろう。

「奇跡の一年」　もう一つの奇跡

樋口一葉の生涯が辛苦を極めたのは、出版社が草創期だったためだ。小説を掲載したのはもっぱら新聞で、文芸出版は微々たる存在だった。

一葉の足跡を重ねると、当時の出版事情を理解しやすい。

「出版社」という言葉を用いたが、一葉が生れた明治五年頃というと、活版印刷による紙媒体の登場する前夜である。

一葉はまず、出版社の誕生を待たねばならなかったのだ。

明治十五年、一葉が十一歳のとき、書店の春陽堂が出版業に乗り出した。明治の新時代らしく、春陽堂は、外国文学に熱意をしめした。ジュール・ヴェルヌ『三十五日間　空中旅行』やデフォーの『ロビンソン・クルーソー』、ついでゲーテの翻訳出版に挑戦した。

海外の冒険小説は新鮮で、人気をよんだ。おかげで春陽堂は躍進し、明治二十九年から文芸誌「新文学」を定期刊行した。

残念ながら一葉は間に合わなかったが、この「新文学」は同人以外に門戸を開いた初の文芸誌といわれる。幸田露伴を編集人にむかえ、言文一致の口語体をすすめた山田美妙を代表格とし、才能ある書き手たちを招いた。夏目漱石『草枕』、泉鏡花『天守物語』、江戸川乱歩『モノグラム』等々、名作を掲載した。

尾崎紅葉の書写回覧本「我楽多文庫」を公刊した吉岡書籍店も、春陽堂と似た形態だった。

「我楽多文庫」は紅葉が大学在学中に主宰した文学結社・硯友社のメンバーが書いた小説を冊子にしたもので、文学史上に名を残す初の同人誌とされ、明治二十二年に吉岡書籍店により公刊されて文芸誌としても初となったが、人気の紅葉門下で執筆陣を固めたのに運営が難しく、ほどなく廃刊の憂き目をみた。

つまり一葉が文学を志したとき、文芸誌を継続的に刊行できた出版社は皆無だったのだ。それでもあえて文学に生きた一葉の生涯が、どれだけ危ない博打だったか……。

しかし彼女は、日本初の総合出版社の誕生にぎりぎり間に合った。教科書の総元締め博文館が、文芸出版に進出したのだ。

小説をビジネスに

博文館は、明治二十年、一葉が十六歳のとき創業された。「大日本大家論集」等の言論雑誌で社業を固め、二年後、古典を注釈付きで気軽に読める、日本初の洋紙、洋装本『日本文学全書』を刊行して人気を集め、以後、女性誌「婦女雑誌」、少年向け「日本之少年」、小説雑誌「春夏秋冬」と、相次いで創刊した。

博文館が『日本文学全書』を手がけた明治二十二年、一葉は十八歳になっていた。しかし、この年、父親が亡くなった。

博文館が急成長をとげるいっぽう、一葉は坂道を転がるように貧困に陥っていった。母や妹と内職の仕立物にいそしんだが、彼女は近眼で裁縫が苦手。商いを試みてもうまくいかず、小説への情熱がつのるばかりだった。

芸術家は現実に失敗し、ますます芸術へ追い込まれていくものだが、一葉もその滅びの定めの通り、文学に傾倒していった。

近くに夢のような、成功があった。

歌塾・萩之舎で先輩の三宅花圃が『藪の鶯』という小説を出版し、明治初の閨秀作家として話題をさらったのだ。花圃は父が元老院議官で、坪内逍遥と旧知であり、彼女の出版は、この「引き」によると推察されている。

一葉に、むろんそんなコネはない。何とかして、見つけねばならない。

出版社がいまだ脆弱なこの時代、存在感を示したのは、既述のとおり新聞だった。知人に頼みこみ、朝日新聞専属の小説家半井桃水を紹介してもらった。

一葉の評伝では、半井桃水を天才・樋口一葉の師として物足りないとする場合が多い。桃水の小説は通俗的で、「一読、そこに気づくはず」（『人物近代女性史　新時代のパイオニアたち』）と酷評されたりする。しかし出版社がいまだ文芸誌を刊行できず、小説を掲載する媒体が新聞のみという現実をみれば、新聞小説家を一葉が師としたのは自然な流れだった。

桃水は韓国・釜山でおきた京城事変の報道で実績をあげ、朝日新聞専属になった。一葉の日記は、歌塾の知人の紹介で初めて会ったときから顚末を克明にしるし、恋は魔だと言い、桃水との恋愛小説のようにも読める。

「面おだやかにすこし笑み給へるさま、誠に三才の童子もなつくべくこそ」（二十四年四月十五

日）

長身で、十二歳年上で、名は亡兄と同じ泉太郎――。

しかし妻に先立たれ、独身で、女性関係が派手だった。歌塾の知人は「不羈放縦の人」と一葉に噂を吹きこんだ。「柳闇花明のさと」（遊郭）（二十五年五月二十九日）に入り浸っているとも。

彼女自身、彼と親しむうち、「菩薩と悪魔をうらおもてに」（二十八年六月三日）した人と、恨まずにいられぬほどの、裏切りを味わった。それでも小説を書きたいなら、頼るところは桃水しかなく、彼の創刊した同人誌「武蔵野」に寄稿して、初めて文章が活字になった。さらに改進新聞を紹介してもらい、初めて報酬を得た。

桃水の文学性の低さは一葉も理解しており、本邦初の女性雑誌「女学雑誌」（万春堂）から分枝した「文學界」の若手・平田禿木らとの親交を深めた。彼らは彼女に、ドストエフスキー等の外国文学を教えた。

明治二十六年、「文學界」に「雪の日」を寄稿。大雪の夜、桃水が車で送ってくれた時の思い出を短編にした。好評で、次も依頼されたが、「文學界」は原稿料がわずか。とうてい、生活できない。

日清戦争が生んだベストセラー

世界情勢は激動し、アジアを舞台に欧米の列強が植民地争奪戦を展開して、日本は座視できなくなっていた。朝鮮をめぐって清と対立を深め、明治二十七年八月、戦線布告。

当時、人々は、開国以来初の外国との戦争である日清戦争について、現実感が欠しかった。通信社の発達は、第一次世界大戦からで、海外情報が伝わらなかったからだ。

暮らしに追われ、危機感が薄いまま、半年あまりで、海の向うで、戦争に圧勝した。おかげで軍部が驕って、後に災いの種となるのだが、それは先の話で、終結直後は戦勝に沸いていた。

高揚した気分を好機とみた博文館は、日清戦争の写真実録『日清戦争実記』を出版して、爆発的売上げをみた。明治二十七年の年の瀬、業績好調な博文館は政治、経済、生活と多岐にわたる日本初の総合雑誌「太陽」創刊を告知。

明くる一月、第一号が華々しく刊行された。同年、文芸誌「文芸倶楽部」も創刊された。日本初の総合雑誌の誕生であり、大出版社による、文芸誌の定期刊行の開始だった。

一葉の日記に博文館の名が初めて記されるのは、明治二十七年十一月。半井桃水が、博文館の創業社主の女婿・大橋乙羽に推薦してくれた。同月末には、大橋乙羽が彼女のもとを訪れ、執筆を依頼してくれた。

大手の仕事は、真剣さが違った。

「千載にのこさん名。一時の為にえやは汚がず。一片の短文、三度稿を変へて、而して世の辞を仰がんとするも、空しく紙筆のつひえに終らば、なほ天命と観ぜんのみ」（随筆「森のした艸」）。この有名な文章は、不退転の決意表明だった。十二月に、転換点となった「大つごもり」を脱稿。

一葉の、奇跡の一年が、すぐそこに近づいていきていた。

「太陽」の成功

明治二十八年正月、「太陽」創刊号が世にでた。政治・経済・芸術・文芸、海外情報を網羅して二〇〇ページを超え、発行部数は約十万部。前代未聞の巨大雑誌だった。

歴史に名を残す雑誌の、創刊第五号に一葉の短編「ゆく雲」が掲載された。

運命の歯車が、大きく回転しはじめた。

読売新聞からの依頼にこたえ「うつせみ」を、「文芸倶楽部」に「にごりえ」を発表。それでも生活苦の一葉は、「文學界」に分載した「たけくらべ」再掲載を博文館に頼みこみ、快諾された。

大手からの出版は、注目度が違う。翌年四月、「文芸倶楽部」に「たけくらべ」が掲載されると、話題をさらった。

高名な文学者が激賞し、彼らのお墨付きが人気を煽った。知られるのは、森鷗外の好意だ。主宰した文芸評論誌「めざまし草」に幸田露伴、尾崎紅葉、斎藤緑雨が協力して「三人冗語」という小説評を連載していた。明治二十九年四巻に、鷗外が彼女を、「まことの詩人」と、手放しで絶賛したのだ。五月二日の日記に、東京帝大の講義中、その評が読み上げられたことが記される。

若く美しいこの閨秀作家が、どれだけ世の注目を集めたか。

「たけくらべ」そして艶な「にごりえ」等、傑作を次々生みだしたこの年は、「奇跡の一年」と呼ばれる。

博文館が出版史に残る総合雑誌「太陽」定期刊行を開始した、まさにその年だ。樋口一葉が名作を世に問うたのと、「太陽」創刊という歴史的出来事が同じ年という、偶然というには奇遇すぎる、まさに奇跡の一年だ。

一葉の秘密

彼女の生涯をみていくと、気になる謎がある。愚直で地味で生真面目と自称する、うら若き女性が、なぜ選りによって、吉原遊郭そばの竜泉寺町で商売を始めたのか——。

誇り高き士族の娘として、門構えの立派な家に生まれ育った。零落し、住まいを転々と変えたとはいえ、本郷の閑静な住宅地から、一転、廓の遊女や通いの客目あての小店がひしめく下町を選んだ。

理由は彼女自身に教えてもらうほかないが、引越し当日の日記には、見慣れぬ情景がもの珍しげに綴られるばかりだ。

「此家は下谷より吉原がよひの只一筋道にて、夕がたよりとどろく車の音、飛びちがふ燈日の光りたとへんに詞なし」（二十六年七月二十日）

浮世絵や戯作の舞台になってきた、歓楽街の吉原。江戸の面影が色濃く残って、四季折々、艶な風情が心に沁みた。

しかし遊女は体を荒らしやすく、命が短い。一葉の店の北西に、火葬場があった。北風が吹くと、焼き場の煙の匂いが流れこみ、むっと鼻をついた。

悪所と世間から嘲られ、吉原通いを噂される男と良家の娘が手紙をかわしただけで、親から叱責されたほどだった。そんな所へ一葉は、二十二歳の若さで飛びこんだのだ。

いわゆる「体当たり取材」だったのだろうか。作家は「危険物取り扱い業」とでも呼ぶべき存在で、人生行路の選択において、常に危険な道をいくものだが。

一葉の決断に、半井桃水が影響を及ぼしたかどうか、という点も、気にかかる。吉原そばでの商売に失敗した直後に、桃水に会って、秘かにこんな言葉を吐いた。

「此人ゆゑに人世のくるしみを尽していくその涙をのみみつる身とも思ひしらねば」（二十八年六月三日）

桃水は彼女の小説を指導し、博文館に紹介し、金を貸し、と、支援を惜しまなかった。どちらも独身だから、成就できない恋ではなかっただろうに、何かがそれを妨げた。

吉原転居も、「此の人」ゆえ、か。粋人とも遊蕩児とも噂された彼――。

一葉が彼の家を訪れても、留守を装い、紅灯の巷に消えていく。笑いを含んだ眼で彼は言い放ったのかもしれない。君は知っているかい、少女が女に変わる瞬間の魔を。君に書けるかな……。

この人は悪魔――。

桃水が溺れる吉原を、一葉はどんな想いで見ていただろう。近くに転居したとき、彼を虜にする場所を知りたいという気持ちが潜んでいなかっただろうか。

事実、遊郭近辺での見聞がなければ、この名編は生まれなかった。吉原は、人の世の哀れを描きだす舞台として、最も世間の興味をそそると、彼女は桃水から心身に刻みつけられただろう。

そんな経緯を推察すると、「たけくらべ」の高い世評に、彼女が「虚名は一時にして消えぬべし」(二十九年一月初頭)と、冷めた反応をみせたことが、腑に落ちる。

朝日専属の桃水がこの頃急速に人気が衰えていたことも、彼女を冷めさせた。浮沈の激しい文界で、成功の空しさを思い知りながら、殺到する仕事を受けざるをえない。体調は悪化の一途をたどっていた。

喉が腫れ、熱が下がらない。それでも博文館の書き下ろしのため、休まず執筆した。

世間的名声より、使命感が日記に記される。「我れは人の世に痛苦と失望とをなくさんためにうまれ来つる詩の神の子なり」(伝二十七年三月)等々。

気力をふりしぼって『通俗書簡文』を完成し、博文館から出版されたが、ほどなく病臥し、わずか半年後、結核の悪化で死亡。

いわば命と引き換えに、最大手に原稿を渡したのだ。

羽を抜いて反物を織る「夕鶴」のような姿は、周辺の人々の心に、強烈な印象を残した。「太陽」追悼文は、熱烈だ。

「女史は女徳に於いて欠くるところなしと、女史の小説を読める者は皆曰く、女史は有数の天才なりと……嗚呼、悲哉」(「太陽」明治二十九年十二月号)惜しんでも惜しみきれぬと愛惜され、翌年早くも博文館は『一葉全集』を出版した。初の女性作家の全集だ。

表紙には優美な、若葉があしらわれている。

宮中でかつて七夕に、梶の葉に和歌を書いて星に願いをする慣わしがあったという。萩之舎にいたころ彼女は、七夕に、梶の葉に和歌を書いて、星に願いを託しただろう。

幼少より抜群の文才をしめし、「世の常にて終らむことなげかはしく……くれ竹の一ふしぬけ出でしかな」と、九歳で、猛烈な野心を抱いていたのだ。

願いは叶った。

酷薄な運命のなか、彼女は、ポーカーで道化師ジョーカーが勝負の流れをひっくり返すように、小説によって、無名の境遇から抜けだし、名を千載に残すことができた。

重篤な容態を自覚しながら、博文館の注文をやり遂げたのは、まさに王手だった。おかげで全集刊行がすみやかになされ、日本中に名が知れ渡った。

頂点に手が届いたとたん息絶えた一葉は、近代出版業の黎明を告げて、この世を去った。

第五章　夢を形に

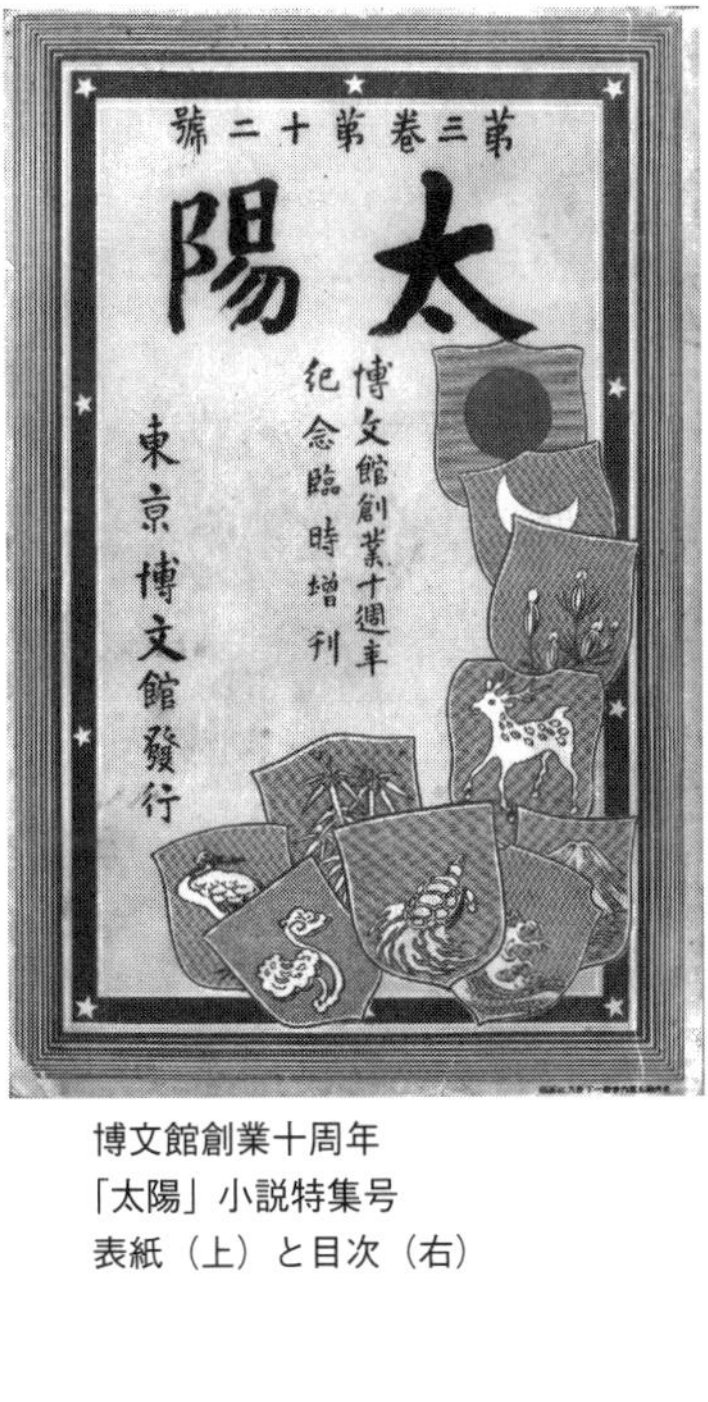

（三）

博文館創業十周年
「太陽」小説特集号
表紙（上）と目次（右）

「太陽」の時代

博文館の社名は、伊藤博文にちなんでいる。名は体を表してか、創業時から国策に協力的だった。社史には、創業時の社員・川島純幹が後に滋賀県知事等の要職を歴任という記述があり、政界との深い係わりをうかがわせる。この時代、出版業が実業として成功するには、政府と持ちつ持たれつ、が不可欠だったのだろう。

博文館はそうして得た利益により、月刊文芸誌「文芸倶楽部」を刊行し続けて同人誌掲載の優秀作を拾遺するなど、さまざまな形で明治文学の発展に貢献した。

創業一族の大橋新太郎は、「ダイアモンドに目が眩んだか」が人口に膾炙した、尾崎紅葉『金色夜叉』のヒロインお宮を横取りする富豪のモデルと噂されたほど富貴だったが、大橋図書館（現・三康図書館）を麹町上六番町に創始し、空海の著書の写本を含む八万点以上のコレクションを作り上げ、明治時代、他に類のない功績を残した。

政府から教科書の元締めを一任されていた。明治二十二年、東海道線が開通すると事業を全国展開した。以後、飛ぶ鳥をおとす勢いで、取次会社（トーハン前身）や印刷会社（共同印刷前身）を系列会社として創業し軌道にのせ、洋紙会社や広告会社も興した。

近代出版業の基礎は博文館によって形作られたといって過言でない。

出版業がここに、近代産業として整った。

小説が本になって、一人ひとりの手に届く——。

愛書家たちの長年の夢を、博文館は日本で初めて実現させた。

明治二十八年、「にごりえ」が絶賛された樋口一葉は日記に、自らを舟になぞらえ、「流れの上に乗りぬ」と書いた。

近代出版業も、処女航海の、波の上に乗ろうとしていた。

別れ道

文学とは、心変わりの瞬間の感触をとらえることだと、森鷗外は言った。

そうだとすると、文学の中で永遠に、心変わりが生き続けていくことになる。つまり、変節の証拠を世の中に残してしまう。

発言の内容によっては、非難される根拠を自ら刻印するようなものだ。この宿命は、明治の出版人を熾烈に責めたてた。

徳富蘇峰を例にとってみよう。雑誌「国民之友」を創刊し、文芸雑誌がいまだなかった時期、明治文学に大きな足跡を残した。

蘇峰は九州・水俣の出身。十代でキリスト教の洗礼を受け、二十三歳で出版した『将来之日本』が板垣退助に認められ、自由民権の理想を抱いて東京に居を移し、事業を興した。結社・民友社を率いて、「国民之友」を創刊。博文館の「太陽」より約八年先行する優れた企画ながら発行部数が少なく、民間雑誌もしくは民友社の機関誌とみなされ、総合雑誌の嚆矢は「太陽」とするのが通説だ。

徳富蘇峰は「国民之友」創刊の翌年（明治二十一年）文学会を発足した。坪内逍遥、森鷗外、幸田露伴と豪華な顔ぶれで、優れた作品が集まり、明治文学に貢献した。小説以外では、正岡子規が起用され、俳諧から発句を独立させた俳句に新しい詩形式を盛りこみ、刷新に与った。しかし「国民之友」の主力は、自由民権主義の立場をとった論説だった。政治が絡むと、とたんに状況は難しくなる。

徳富蘇峰は政府の富国強兵に反対し、対アジアの政策として「脅迫之統合」でなく「随意之結合」を提唱した。おかげで日清戦争時、不買運動の憂き目をみて、「国民之友」は十一年と短命に終わった。

いっぽう国策協力派・博文館の「太陽」は創刊二年目の明治三十年に発行部数が毎月二十万部に達し、昭和三年まで三十三年間刊行されるという、横綱相撲ぶりをみせた。

土俵の外に放りだされた徳富蘇峰は、彼我の差を、どんな想いで噛みしめただろう。政治の激流に逆らったら、言論など吹き飛ばされる。

日露戦争後、戦後処理を巡って国民の不満が募って暴力事件が頻発した時、蘇峰が心血を注いで建てた社屋が、日比谷事件の騒擾にまきこまれ、焼き討ちされた。手足をもがれた彼は、舵を切らざるをえなくなる。随意の統合から、膨張主義（アジア侵略）協調へと――。

その変節は、著述の中で、明確に跡付けられる。おかげで、彼は、右からも左からも、攻撃された。そうした例は、徳富蘇峰を筆頭に、枚挙に暇がない。

万人にチャンスを

明治二十年代から三十年代にかけ、新聞は部数を十万台にのせていた。明治二十六年に読売新聞、明治三十年に萬朝報が、資格不問の、懸賞小説公募を開始した。

朝日新聞（当時は大阪朝日新聞）は創刊二十五周年記念の明治三十七年からと遅れたが、明治四十三年の「一万号記念文芸」で田村俊子を選んだ。多数の応募者を制した彼女はさすが才筆で、「木乃伊の口紅」等の佳編を次々発表し、大正時代を代表する女性作家となった。

歴史小説が人気だった吉屋信子も、同じく大阪朝日新聞の懸賞でデビューを飾った。

小説ブームが高まるなか、博文館は、明治三十九年、若者に実用的文章の書き方を指導する「文章世界」を創刊。それが次第に文芸誌の性格を強め、明治も終わりに近づいた、四十三年に小説公募を始めた。

全国紙に、文芸誌も加わり、万人にチャンスが、ようやく開かれた。

「文章世界」編集の責任者は、田山花袋だった。

注釈付きで読みやすい古典文学全集が全国に流布して十余年が経過していた。ジュール・ヴェルヌの冒険小説からシェークスピアまで外国文学の翻訳も盛んで、また同時代を題材とした小説が新聞・雑誌に掲載され、多数の読者をつかんでいた。

紙媒体の成長により小説ブームが高まり、書きたい人が急増していた。読み巧者が毎月、応募原稿に目を通す「文章世界」は大正時代には、新人の登竜門と目される存在になった。

昭和文学の旗手となった横光利一は、早稲田大学予科に在学中の二十歳になるやならずで、佳作に選ばれた。主流の自然主義のスタイルではなかったため、一席ではないが、大正六年七月に「神馬」が初掲載され、以後も連続入選して、有望株と認められた。

後に新感覚派、モダニズムの代表と囃された彼の若き日の習作を、多数の応募作の中から選り出したのだから、博文館の成し遂げた業績は突出している。

新しい潮流

博文館に追いつけ追い越せで、出版業に夢と大志を抱く人々が続々と参入してきた。

現在、文芸三社と通称される、文藝春秋社、講談社、新潮社のうち、博文館が盛業だった明治期に文芸誌を出したのは新潮社だけだ。

創業は秋田県出身の佐藤義亮。明治二十九年に創刊した雑誌「新声」が出発点だった。文芸をこよなく愛した彼は無産ながら、校正の仕事でこつこつと資金を貯め、出版社を興した。地を這うような苦労を重ねるうち、一般読者が何を求めているかを身に沁みて知るようになり、投稿を呼びかけたり、通信制文章添削を始めたりと、読者に寄り添った企画で人気を集めた。

ところが売掛金を回収できず経営破綻し、明治三十七年に再出発。「新潮」と名を改め、佐藤紅緑の俳諧評論や田山花袋の小説等を掲載した。

書き手の商業的な発表媒体が新聞だった時代に、文芸出版の新潮社が月刊文芸誌を運営したのは、特筆に価する。

新潮社は自然主義流行に伴走して成長し、近・現代文芸の主流になった。今も、田山花袋や島崎藤村の『破戒』等が新潮文庫に収められている。

主役を担ったと誇り高い一方、持ち込み原稿に寛容といわれたのは、投書雑誌の「新声」を出発とするからか。また創業者・佐藤義亮が校正出身だったためか、校正の確かさは伝統だ。

中村武羅夫の功績も大きい。新潮社の投稿雑誌で認められ、「新潮」編集部に参加。作家を目指して文学から大衆小説に転じて講談社の娯楽雑誌「キング」等で活躍した。娯楽小説で稼いだ原稿料を文芸誌「不同調」に投じ、反プロレタリア文学の芸術派として知られた。「新潮」の編集には生涯関わり、文学を志す者に、最高の発表の場の一つと憧れられる雑誌に育てあげた。「新潮」は、芥川龍之介「藪の中」、戦後文学を代表する三島由紀夫『金閣寺』等、数々の傑作の初出誌である。

東大雄弁会

新潮社、博文館、そして「新小説」の春陽堂が明治の終わりから大正期の主な文芸誌版元で、昭和期に力を伸ばした講談社の、文芸への進出は遅かった。

創業者・野間清治は東京帝国大学に書記として勤務するかたわら、当時、大学で催されていた雄弁会の内容の見事さを惜しみ、速記して出版することに情熱を燃やした。明治四十二年、神武天皇の即位の日・紀元節二月十一日に、「大日本雄弁会」を創立、弁論雑誌「雄弁」を創刊した。最高学府における講演、教授たちの講義を、誰でも読むことができるという、画期的な出来事だった。

二年後の明治四十四年に、講談の速記のリライトを看板に「講談倶楽部」を創刊して講談社と名をあらためることになるが、この雑誌は次第に歴史小説に中心が移り、大正三年から懸賞募集を開始。吉川英治などを世に送りだして、大衆文学の人気を盛りあげた。

講談社を大会社にした野間清治は創業時、時事問題を除外するという条件付きで、「雄弁」刊行を東大学長にかけあって許された。

紙上の大学

政治・時事の取り扱いの難しさは、出版業の宿命なのだが、この問題において、岩波書店の身の処し方の見事さが目をひく。

創業者の岩波茂夫は若き日、東京帝国大学に選科生として学んだ。本科生のように図書館を自由に使えなかった苦い経験から、誰もが学術書を手にできるようにと、神田で古書店を開き、ほどなく出版業に進出した。大正二年『宇宙之進化』等を刊行したが、社史では、翌年の夏目漱石『こころ』が岩波書店の最初の刊行物となっている。(『物語岩波書店百年史』1、42頁)

『漱石全集』を出版し成功、会社の看板が漱石の自筆というほど、深い係わりがあった。それ以外は岩波講座や岩波全書等、学術出版に力を入れ、おかげで「紙上の大学」（前掲書2、2頁）と呼ばれた。昭和初期に岩波文庫がブームをよび、さらに岩波新書が大成功をおさめた。

しかし雑誌には、慎重だった。法の足枷が、重かったのだ。

新聞・雑誌が伸びるにつれ、強まる言論の影響力を政府は警戒した。明治四十二年、「新聞紙法」が施行された（前掲書1、146頁）。平民新聞が労働者中心の政治を主張し、若者の共感をよんだ頃だ。

この新聞紙法は、時事に関する事項を掲載するか否かの届け出に加え、納本制により、内務省や管轄地方官庁が検閲するという、厳しい内容だった。

名称は「新聞紙法」だが、雑誌も対象とし、「太陽」「中央公論」「改造」といった総合雑誌がこの囲いの中に入れられた。

翌年の明治四十三年、大逆事件がおき、世間を驚かせた。伸びていた新聞・雑誌関係者は震撼した。死刑に処された幸徳秋水や菅野スガらの活字になった文章が、証拠としてあげられたからだ。

そんな時代、雑誌刊行は、危険な賭けだった。岩波書店がためらったのも無理はない。

大逆事件の衝撃がおさまった大正七年、岩波書店は雑誌「思潮」創刊に踏み切ったが、巻末に「編集に関する一切の要務は左記」として、同人の安部次郎の名前と住所を記し、「広告等雑務に関する責任は岩波書店」とする慎重さだった。

この細心さが、後に大きな幸運を呼びよせる。

作家のゆりかご

文芸誌が誕生したばかりの時期は、大学の同人誌の質の高さが目を引く。東京大学系の「新思潮」が名高い。明治四十年に創刊され、初期はチェーホフやイプセンなど外国文学の翻訳・研究が主流だったが、大正期には和辻哲郎、久米正雄、菊池寛らが自作を発表。谷崎潤一郎の「刺青」、芥川龍之介の「鼻」もここが初出だ。

「新思潮」系の作家は、最高学府ゆえ英才ぞろいで、それぞれ信念が揺るぎなく、時に激しく衝突した。昭和二年の、谷崎潤一郎と芥川龍之介の論争がよく知られる。芥川はストーリーのある小説は芸術性が高くないと主張し、谷崎は、ストーリーなしでは構成が弱くなると反論した。

スター作家を輩出した「新思潮」以外に、坪内逍遥の創刊した「早稲田文学」、永井荷風が主幹の慶応大学系「三田文学」からも優れた人材がでた。

これら大学系同人誌は大正時代に入り、文芸出版の公募が開始されても、作家の揺籃であり続けた。同人誌で切磋琢磨して作品の完成度を高め、すぐに世に認められた剛の者が先述の谷崎潤一郎と芥川龍之介で、大正時代の私小説全盛期に新たな鉱脈を掘り進み、現代に様相がぐっと近づく、新時代を創りあげた。

遊びをせんとや

作る人（ホモ・ファーブル）より遊ぶ人（ホモ・ルーデンス）が文化を創造したという、哲学者ホイジンガの言葉を護符にして、本に溺れた生活を送っている私だが、真っ当な勤め人に、「お仕事は、何ですか」と尋ねられると、うろたえてしまう。幻を文字化する、文筆という作業がどんなものか、説明しようがない。

幸いにも図書館の開館時間は通勤ラッシュをすぎた九時半で、人目を気にせず通えるからありがたい。静謐の満ちたあの空間で、私はほっと安息する。鯨飲ならぬ鯨読の日々をおくる私を、そこでは、誰も責めたりしない（現実では、こうはいかない）。カウンターに座った受付嬢はにっこり笑って、本を貸してくれ、なぜか「ありがとうございました」と、礼を言ってくれる。美神ミューズの化身かと、笑顔に見とれてしまう。こんな見事な文化大国に日本がなるのに、どれほど長い時間がかかったことか。

それなのに今、紙媒体に携わる人々は危機感を募らせている。日本文芸家協会は二〇一五年の協会ニュース特別号（四月三十日発行）で、「公共図書館はほんとうに本の敵？」と題したシンポジウムの報告をした。

現在、日本の出版産業と紙の本、それを書く作家たちは完全に未知の領域に入っております。この十九年間でほぼ一兆円の売上げが削りとられて消滅し、電子書籍は、われわれが当初想定した三分の一程度の伸びしか見せません。世界で最も長い歴史を誇る、寛政年間から続く日本の出版産業は、いま非常な危機に陥っています。（中略）その根本原因は社会のネット化にあると考えられます。情報はタダである。文学も情報だとすると、タダでないと誰も読まない。（中略）

八十年代に図書館数が増えて、貸出し件数が三、四倍になったのです。実は読書離れはどこにも起こってない。これに新古書店の販売冊数を足すと、本はますます読まれている。

本はますます読まれている——。

「小説熱」は今も続いているという分析に励まされ、その頂点へと、進んでいこう。

大正の助走

小説出版は明治期に産業化され、大正十年代、第一次世界大戦によるジャーナリズムの急成長によって本格化したことは先述した。この頃から、スター作家が、活躍の場を文芸以外にひろげる例が出てきた。

トルストイ『復活』の舞台の劇中歌「カチューシャの唄」は、島村抱月が歌詞を書いた。二万枚売上げ、本邦初の流行歌とされる。

人気が高まっていた無声映画でも、作家の活躍があった。映画の父・牧野省三を追悼した「祇園小唄　絵日傘」の原作者長田幹彦は主題歌「祇園小唄」を作詞。大正十四年に開始されたラジオ放送では、東京放送局文芸顧問として脚本を担当し、草創期の放送を指導した。

舞台、映画、そして新しいメディアのラジオ――。

爆発的ブームを呼ぶには不可欠の、メディア・ミックスが整いつつあった。多くの人が「好き」になって自分の物として所有し、それらが多数に共有される、「大衆文化」の時代が到来したのだ。

その中心に、文筆に長けた異才たちが居た。

彼らがいかに熱情的だったか、佐藤春夫の証言がある。

　芸術といふものは実に不思議なものである……それは既に信仰帰依の一種である。宛も『神は与へ神は奪ひ給ふ』と叫んだヨブ程の信仰だとも言へるかもしれない。（『都会の憂鬱』）

信仰に似た情熱で小説に取り組むのは、江戸戯作者も明治文士も現代も同じだが、この大正期以降、努力が大きな実りをもたらす例が増えてくる。

文学の主流は、明治期を引き継いで、自然主義および私小説だった。

武者小路実篤『お目出たき人』（大正二年）、志賀直哉『城の崎にて』（大正六年）有島武郎

『カインの末裔』『或る女』(大正八年)等、白樺派の人々がもてはやされた。武者小路実篤はこの時代を振り返り、「恐ろしく真面目な、余裕のない、深味のある芸術」(『若き日の思索』)と自嘲めいた感慨を洩らしている。真面目で余裕がないとは、作り話を排したゆえの窮屈さだとされるが、しかしその作法は文壇の評価を独占していた。

おかげで大正モダンらしい「刺青」を世に問うた谷崎潤一郎は、登場時、傍流に追いやられてしまった。

一般読者は、そんな文壇の目利きの極めなど、どこ吹く風。中里介山『大菩薩峠』が大人気で、読者は連日、紙上で展開される、孤独な剣士の果てしない放浪を楽しんだ。

連載小説が新聞の売上げを倍増させる、幸福な時代がやってきた。剣劇、史劇、現代物……数々の人気作が生まれ、小説愛好者を拡大した。

しかしこの頃、本の全国流通に先鞭をつけたのは、戯曲『出家とその弟子』(倉田百三)だった。舞台芸術や映像は、小説の産業化が始まった最初期から、小説に迫り、時に凌ぎ、混じりあった。

「中央公論」の躍進

出版史に残る雑誌は、しばしばカリスマ編集者により作られる。「中央公論」を一流誌にした、滝田樗陰がその代表格だ。

「中央公論」は西本願寺系の機関紙を出発点として東京に進出し、総合雑誌として急成長した。

東京帝国大学を中退し入社した、樗陰が編集長になってからだ。

国策協力の博文館に対抗するかのように、民本主義で知られた吉野作造の談話を樗陰自ら口述筆記し掲載した。ロシア革命の前年の大正五年のこと、というから、さすが彼は、機を見るのに敏い。

ロシア革命の成功を追い風に、日本でも大正デモクラシーはさかんに喧伝され、「中央公論」は破竹の勢いをみせた。滝田樗陰が黒い人力車を走らせ、若い書き手を探す姿は名物となった。無名の菊池寛にも、チャンスの人力車がやってきた。

「あるとき、時事新報社から帰って来ると、その路次の入口に、自家用の人力車が止まっていた。(略)私は(ああ「中央公論」の滝田氏だな)と直感した。その頃の滝田氏の文壇における勢威は、ローマ法王の半分位はあった」(「半自叙伝」『菊池寛全集23』133頁)

一足先に見出された谷崎潤一郎も、生涯忘れがたい出来事として語っている。

「私の住んでいた神田南神保町の裏長屋へ、中央公論主宰の滝田樗陰氏が訪ねてきて、執筆を依頼していった。「樗陰が訪ねて来たのだから谷崎の文壇的地位はもう確立したも同然だ」というような記事が新聞にのったりした」(「無題(私と中央公論)」『谷崎潤一郎全集巻20』310頁)

注目すべきは、大正デモクラシーの嵐が、博文館を失速させたことだ。菊池寛「半自叙伝」に、明治期とは様変わりの出版事情が記される。

大正五、六年頃の、文芸欄を中心とする総合雑誌は、「中央公論」一つであった。明治末年

から大正初期にかけて、活躍していた博文館の「太陽」「文芸倶楽部」などは既に衰微していた。（前掲書、72頁）

「中央公論」の成功で、リベラル派は勢いづいた。大正八年、東京毎日新聞社長・山本実彦が出版業へ進出し、「改造」を創刊。新聞経営により人脈をつかんでいた彼は、志賀直哉に『暗夜行路』、林芙美子に『放浪記』を書かせ、読者を獲得した。また『マルクス・エンゲルス全集』を他社との翻訳権争いを制して刊行した。

大正デモクラシーの風にのって、「中央公論」と「改造」は成功したのだ。

そんな大正期に活躍した菊池寛は、作家になった道のり自体が、同人誌から文芸誌、そして総合雑誌に書いて一人前とみなされた明治時代と違っていた。

「半自叙伝」に、二十代の無名時代、二六新聞の批評公募に一等当選して賞品を得たこと、さらに萬朝報が小説を公募した際、応じて十円の懸賞金を貰ったとある（前掲書、53頁）。萬朝報は作家でもあった黒岩涙香が創業した新聞だ。

この時期、講談社の「講談倶楽部」も小説募集を始めていた。公募での登場は、大正デモクラシーの浸透、文芸への波及ともいえる。

ジャーナリズムの時代

第一次世界大戦後、全国紙の発行部数は百万の大台にのった。経営順調により、大手新聞社は週刊誌を創刊する。大正十一年には「サンデー毎日」「週刊朝日」と、相次いだ。

全国紙、雑誌の全国流通による、ジャーナリズムの時代の到来だ。

全国紙がこの時期、広く普及したのは、第一次世界大戦を報道するのに海外での情報収集が必須で、大小混戦状態だった新聞が集約され、大資本となったことが主因といわれる。

情報満載の新聞や雑誌が全国津々浦々で読まれだした。そこに掲載された連載小説はラジオやテレビのない時代、人々に愛好された。書き手の必要性が増し、登竜門として小説公募が目立ちだした。

結果を出して権威を高めたのは、大正十五年に始まったサンデー毎日大衆文芸で、海音寺潮五郎や井上靖らを世に送りだした。大衆文芸と呼称にある通り、現在の直木賞のような存在だ。しかし派手さはなく、良質な作品を地道に選んで大衆文学の向上に貢献した。朝日新聞の公募も、大正期を代表する作家や実力派を輩出した。

かくして全国紙は確かな資金を元に、それぞれ文芸振興に力を尽くした。

しかし「新聞小説」は多数の読者を対象とするため、純粋な文芸作品とは言えないのではないかと、明治二十三年に既に、坪内逍遥が「新聞紙の小説」（『子羊漫言』）と題して、意見していた。これに対し森鷗外は、啓蒙的意義を認めて新聞小説を是とする反論を発表したが、現在まで、『小説神髄』坪内逍遥の意見のまま、文芸誌が上で、新聞小説を下にみる傾向が否めない。

多くの新人作家が、この呪縛に悩まされてきた。瀬戸内晴美（寂聴）は、編集者に釘を刺された、苦い思い出を回想している。

「そこが罠なんですよ。やっぱり文壇というところは、そういう作家の身持ちに対しては厳しい戒律みたいなものがあって、一度そういうところへ書くとダメなんです。全くはらはらして見ていましたよ」(「実は……」『瀬戸内寂聴全集十九』28頁)

デビューしてすぐ、文芸誌以外に書くと、いわゆる売文とみなされ、芥川賞、直木賞の候補になりにくいのだ。

ピンチを好機に

大正十二年、マグニチュード七・九の大地震が関東地方を襲った。火を使う昼時だったため、炎が炎を招いて猛火となり、密集地に襲いかかった。

両国の陸軍被服廠跡では、避難者が殺到して四万人が焼死、死者の総数は十四万人以上にのぼった。

関東大震災と名づけられ、東京、横浜に甚大な被害を与えた。出版社では、博文館の打撃が深刻だった。壮麗を誇った社屋が倒壊し、麹町にあった大橋図書館も被災。貴重な写本や江戸時代の版木本コレクションが失われた。

業績不振に拍車がかかった。

出版業界を支配した大会社の凋落は、新興にとっては好機到来で、先発の「中央公論」「改造」そして菊池寛が創刊した「文藝春秋」が代わって躍進した。それらは後に昭和文学をリードしていく。

講談社も震災の傷いまだ癒えぬ大正十四年、娯楽雑誌「キング」を創刊して七十四万部を売り切り、大企業に躍進していく。

自殺前夜――芥川龍之介

関東大震災がおきた時、芥川龍之介は三十一歳だった。激震で、帝都が崩落するのを眼前にして神経が昂ぶり、錯乱した。

博文館の白亜のビルが、土煙とともに崩れ落ちていく――。魂が壊れたに等しい衝撃だった。彼をスター作家にした、「青年と死」「羅生門」「鼻」等の短編は、いずれも博文館版『校註国文叢書』収録の「今昔物語」を種本にしており、それを常に部屋に置いていたのだ。

盗賊や妖怪が跋扈する、平安朝の宮廷の外界……野性の美に充ち、絶対と崇めた美的空間。命の泉だった、種本の版元が瓦礫となった。これから、何に依れば良いのか。神経衰弱がつのった。

自殺は震災の五年後だ。その間、女性問題や金銭問題があったと取り沙汰されるが、人気絶頂の作家がそんなことで、命を断つだろうか――。

芥川龍之介とプロレタリア文学

「私の信じた美は、この不幸のため忽ちにして破壊された」(十重祐一「横光利一における大

正・昭和メディアと文学の研究」早稲田大学、二〇一〇年）

芥川ひとりが暗迷したのではない。

震災で世情は騒然とした。混乱のどさくさに、社会活動家の大杉栄と婦人運動家の伊藤野枝らが憲兵に連行され殺害され、労働運動指導者たちが逮捕され処刑された。ロシア革命の成功後、日本にもマルキシズムに興味を持つ人が増え、政府は脅威を感じていた。

文学においても、この頃、海外から、プロレタリア文学という新しい潮流が押し寄せてきていた。今となっては、想像しづらいほどの興隆ぶりだった。

無産者を意味するプロレタリアというドイツ語を名称にいただく通り、近代産業の発展により、苦境に追いやられた労農者の声を代弁する。

日本でも明治維新以来、殖産興業が喧伝され、その弊害や矛盾が、社会的弱者に重くのしかかっていた。格差は苛酷だった。炭鉱で少年が、製糸工場で少女が、困難を極めた境遇を強いられ、死に追いつめられた。

彼らの苦境をとらえたプロレタリア文学だが、金字塔として名高いのは小林多喜二『蟹工船』だ。書かれた一九二九年は、ニューヨークのウォール街で株価が暴落し、世界恐慌がおきたときだ。

政府の統制が強かった時代、多喜二の小説はとうてい容認されなかったが、今も、版を重ね、共感されている。他に徳永直「太陽のない街」等々、タイトルをならべただけで、思わず手にとってみたくなる魅力がある。「大正労農文学」とのラベルを貼って箱詰めし、あまり開封しないのはもったいない。

芥川龍之介の足跡をたどると、プロレタリア文学と接点があるのに気づく。芸術至上主義の芥川と、「主義という亭主持ち」（小林多喜二宛の志賀直哉書簡）の文学は相容れない印象なのだが。大正十年、芥川は映画『羅生門』の原作となった短編「藪の中」を発表し、世評高かった。だが長編を書こうとして書けず、苦悩が深まっていた。

同じ年、プロレタリア文学初の文芸誌「種蒔く人」が創刊された。関東大震災を経て三年後の大正十三年には「文芸戦線」が続き、プロレタリア文学は勢いづいていた。

日本での人気ぶりが、社会主義国ソ連に伝わり、作家たちの交流が始まった。「文芸戦線」発進の翌年、モスクワ生まれの作家ボリス・ピリニャークが初来日。その『日本印象記』に、「文士諸氏の所へ行って、彼等と一緒に郊外」（136頁）に遊んだとある。

誰と清遊したか、名前は書かれていない。

日本人作家によるこの出来事の記述を私は寡聞にしていまだ知らないが（一九三二年に再来日したときは、「文藝春秋」七月号に「ピリニャーク氏に物を訊く座談会」が掲載された）、菊池寛の秘書・佐藤みどりの暴露本『人間・菊池寛』に、文藝春秋社の社長室に作家たちが集まり、ピリニャークも加わった、とある（118頁）。

芥川龍之介と菊池寛は第一高等学校の同窓で、たがいに仕事を紹介しあってきたほど親しい仲だった。「文藝春秋」創刊号からの名物コラム「朱儒の言葉」を、芥川は、ピリニャークが初めて文春本社にきた時も執筆していた。

新興の海外文学の中心的作家を、嬉々として迎える菊池寛……。

芥川の眼に、その姿はどう映っただろう。

焦りを感じなかったはずがない。古典文学が命の泉で、王朝が絶対無二の宇宙であるのに、異質の文学が、いよいよ自分のテリトリーに踏みこんできた——。

女性プロレタリア文学者として知られる佐多稲子著『夏の栞　中野重治をおくる』に、当時の芥川にまつわる回想が記される。中野重治と佐多の夫・窪川鶴次郎は東京大学・社会文学研究会を主宰し、プロレタリア文学の同人誌「驢馬」を創刊。中野重治らの集いに、芥川も顔を出したことがあった。

昭和二年、佐多が初めて田端の芥川家を訪れたときの記述は衝撃的だ。

「私が芥川に問われたのは、私のかつての自殺未遂についてのあれこれであった。白っぽい麻を着た芥川の、私のコップにサイダーをついでくれる手がこきざみに慄えて、芥川の神経の疲労をみるようだった」(『夏の栞　中野重治をおくる』83頁)

昭和二年というと、関東大震災の傷がいまだ深く、銀行の取り付け騒ぎもおきていた。幸い文芸出版は活発で、芥川が活躍できる場はあった。

しかし神経は疲労しきっている。金銭トラブル、女性問題、家族の不和、そして何より苦しいのは、長編への迷いだった。

谷崎潤一郎と小説にストーリーは必要かをめぐる論争を展開し、「文芸的な、余りに文芸的な」

を書いて反論を試みた。しかしストーリーの構築なしに、どう長編を書くのか。実践は苦しい――。

衰弱しきった身で、若き女性プロレタリア文学者佐多に会った。

三日後、衝撃の自殺。

花形作家の自死に、世間は騒然とした。プロレタリア文学者も言葉を失った。第一人者でさえ、追い詰められる。このまま文学を続けて良いのか――。

彼らが苦しく自問したのも、無理はない。芥川の死から八年後、小林多喜二が拷問死した。二十八歳の若さだった。

ほどなく中野重治、佐多稲子も投獄された。

波にのっていたプロレタリア文学は、急速に沈んでいった。

第六章　落ちこぼれの珠玉

菊池寛と芥川龍之介
大正９年　大阪　堀江の茶屋にて
（日本近代文学館所蔵）

クチキカン

機嫌をそこねると、むっと唇を引き結んだ。煙草を手放さず椅子の肘掛でもみ消すから、部屋中が灰まみれ。

豪胆で、生来、奔放。小説を何より愛し、小説に生きる男と女を愛した。後に大会社となる文藝春秋社の創業者にして大映を率い、作家としても、文学史に残る名作を残したのだから、超人的としか言いようがない。

作家兼ジャーナリストの先輩に、黒岩涙香がいた。『レ・ミゼラブル』や『巌窟王』の翻案で人気を博し、萬朝報を興して東京市一の売上げを誇った。菊池寛も若き日、萬朝報の公募に入選しており、涙香に有縁だった。

不遇だった若き日の寛に、最初のチャンスをくれたのが黒岩涙香だった。ビジネスと文筆と、両方で成功した男の姿は、菊池寛の心に眩しく映り、手本となったのだろう。

その先輩を、菊池寛は追って、遥かに凌いだ。作品において、ジャーナリストとしても。日本の文学史に残した業績の大きさは、他と比ぶべくもない。

しかし十代は、挫折つづき。大学では、落ちこぼれだった。

明治二十一年、博文館創立の翌年、高松藩（香川県）の儒学者の家系に生まれた。少年時代から秀才で聞こえた。東京高等師範学校、明治大学法科、早稲田大学、第一高等学校（後の東京大学教養学部）に籍を置いたものの、いずれも中途退学。親友の罪をかぶって放校されたりした。

作家を目指したが、さっぱり芽が出ない。第一高等学校で席をならべた芥川龍之介は、同人誌「新思潮」に発表した「鼻」が夏目漱石の目に止まり、話題をさらったのに——。

芥川の短編「手巾」が「中央公論」に掲載され、天才現ると騒がれたころ、菊池寛は京都にいた。東京帝国大学に進学を希望するも、大学長で国語学者の上田萬年から拒否された。仲間から離れ、京都大学へ、いわば「都落ち」して、英文学を専攻する苦学生となった。

菊池寛は自伝（「無名作家の日記」「半自叙伝」）に、京大時代、芥川への嫉妬にどれだけ苦しんだか告白している。

卒業後は時事新報の記者として働き、才人ゆえ二年で大阪毎日の専属になって「藤十郎の恋」を夕刊に連載。大正六年には、戯曲「父帰る」を世に問うたが手応えはなかった。

ところが四年後、二代目市川猿之助がこれを芝居にして、大当たりした。菊池寛は一躍、注目を浴び、憧れの「中央公論」から声がかかった。

「中央公論」はこの大正期、日本初の総合雑誌「太陽」をしのぐ発行部数だった。

近代以降、小説を掲載した雑誌は、この「太陽」「中央公論」と、文芸誌の両輪で、文芸誌は新潮社「新潮」、博文館「文章世界」、春陽堂「新小説」の三誌がずば抜けていた。

その最高権威「中央公論」の編集長・滝田樗陰が黒塗りの人力車を走らせて目ぼしい書き手を来訪する姿は、畏怖されていた。「そのころの自家用人力車は現在の自家用自動車と匹敵していると思う」と菊池寛は怖気づいた記憶を語るが、必死で書き上げた「恩讐の彼方に」は無事、滝田樗陰の眼鏡にかない、掲載された。作家・菊池はようやく、芥川に追いついたのだ。

そして大正九年大阪毎日新聞に連載が始まった「真珠夫人」が人気をよび、作家として地歩を固めた。新聞の売上げを毎日一万部伸ばしたと囃されたが、彼自身は、この作品についてバルザックの影響による通俗小説（「半自叙伝」『菊池寛全集23』139頁）とし、作家として愉悦を最も深く感じたのは、「真珠夫人」が話題になったのと同年「父帰る」が春秋座で初上演され、喝采を浴びたときだと語っている。

ストーリー・テラー菊池寛の面目躍如、放蕩の果て帰還した父を許す家族愛の物語は紅涙をしぼり、再演を繰り返し、彼に高額所得をもたらした。それを元手に、大正十二年月刊誌「文藝春秋」を刊行した。私財を投じた本音を、彼は明かしている。「私は頼まれて物を云うことに飽いた。自分で、考えていることを、読者や編集者に気兼ねなしに、自由な心持で云ってみたい」（「文藝春秋」創刊号）

その言葉通り、奔放な菊池らしい「誰憚らぬ言い放題」（「毎日年鑑」大正十三年版）で、三千部で出発した新雑誌は、四年後に十万部を超えた。

「文藝春秋」創刊の年の九月、関東大震災がおきた。

二十代の川端康成と横光利一は、「あらゆる権威が地に落ちたと云ふことは確からしい。大雑誌もまたその権威を失ってしまった。後に残るのは、私たちの新しい創造だけである」(「文藝時代」第三号、大正十三年十二月)
と大胆な宣言をし、新雑誌刊行に乗りだした。
新感覚派とよばれ活躍する舞台となった、「文藝時代」の誕生だ。
若き英才たちを後押ししたのは、出版人として強い力を獲得しはじめた菊池寛だった。

昭和文学というエポック

江戸時代の町人文学が、西鶴という巨魁から始まったとするように、菊池寛という傑物なくして、昭和文学の隆盛はなかったかもしれない。

享受した庶民に、小説ブームの高まりがあったことも、共通している。西鶴の時代は、俳諧が流行して俳書が盛んに編まれた。本が「新鮮で楽しい」と歓迎されていた。

そんな時代にあって、西鶴は俳書の挿絵や編集に携わり、浮世草子創生という偉大な足跡を残した。大正期にも同じく、新聞や月刊誌、週刊誌に掲載された小説を読むのが「新鮮で楽しい」という感覚があり、そこに菊池寛という作家兼起業家の傑物が登場し、新たな隆盛期へ導いていった。

菊池寛が牽引した文芸が、すなわち昭和文学といって過言でない。

彼の業績をたどることにより、昭和文学が日本文学史上、最大のエポックの一つとなった理由を、他に類を見ない、壮麗な多彩さと質の高さを、再認していきたい。

成功の理由

菊池寛の力は、アメリカの新聞王ハーストと比べると、理解されやすい。

ハーストは銀鉱山で成功した富豪を父に持ち、若くして新聞社を設立した。しかし醜聞が売り物の、俗に言うイエロージャーナリズムであり、太平洋戦争前はとりわけ日本への偏見を煽って、悪名高かった。映画に進出して、複数のメディアで相乗効果を仕掛けるメディア・ミックスという画期的手法を創始したが、演技力のない愛人を主演させるなど、芸術の真の理解者ではなかった。

日本では明治期の黒岩涙香を先行例とし、菊池寛が登場するわけだが、ハーストや黒岩涙香との決定的な違いは、菊池自身が名作をものした芸術家だったため、芸術に生きる人間を熟知しており、その深い理解を事業に存分に活かしたことだ。

ローマ法王に喩えられた「中央公論」の権威を、新雑誌「文藝春秋」でしのぐという離れ業を、「新小説」（春陽堂）で編集を多少経験しただけの菊池が成し遂げたのは、小説を書く人たちへの愛ゆえ、と言うと、ロマンチシズムに傾きすぎだろうか。

実業はきれいごとではすまない。松本清張が内実を『形影　菊池寛と佐佐木茂索』で詳述しているため、ここでは触れないが、眼の確かさと面倒見のよさが、成功の一因だったことは間違いない。好例は、斬新すぎて引き受け手のなかった横光利一。「文藝春秋」創刊特別号（五月号）に起用され、一躍、新進作家として認められた。

菊池は作家という生き物を知り尽くしており、才能の引き出し方、活かし方に長けていた。文化史に名を残すこの文芸雑誌の名前は、一九一一年に彼が「新潮」に連載していた「文藝春秋」という文芸時評のタイトルによる。

その「文芸」とは、文章全般を意味するので「文学」という意味ではない。内容も作家の色恋沙汰といった楽屋落ちが多い、という批判があるが、創刊号巻頭は芥川龍之介の『侏儒の言葉』であり、良質な文章を多くの人に届け、文学の浸透に貢献したいという志を持っていたこと、それが実現したことは疑うべくもない。

「過激でなく、反動的でなく、清新な自由主義を標榜してインテリゲンチャのよい友達である」(『文藝春秋』編輯記文集」『菊池寛全集24』71頁)という理想に共鳴して、創刊に協力した人々が後に大家になったのだから、書き手の信頼を得て力作を書かせる、プロデュース力も本物だ。

創刊号は小石川区林町(現文京区千石)に菊池寛が借りた木造の家で、内職さながら編集された。

発売元が春陽堂であるのが目をひく。販売は老舗の力を借りるという、現実性を併せ持っていたのだ。

定価は今なら立ち食いそば一杯分の、十銭。「中央公論」は十円だから、出発における、「文藝春秋」と「中央公論」の差の大きさを理解しやすい。

薄利多売の戦略は当たり、第四号で一万部の大台にのった。ところが関東大震災がおき、編集部が罹災。菊池寛は室生犀星宅に逃れ、その年の暮れ、雑司ヶ谷金山（現東京都豊島区）に移って事業を継続した。

転機は、関東大震災の二年後の大正十四年に訪れた。滝田樗陰が死んだのだ。辣腕編集長のいない「中央公論」は生彩を失った。後塵を拝していた彼にチャンスがやってきた。

以後、「文藝春秋」は「中央公論」とデッドヒートを繰り広げ、文化史において特筆すべき、運命の逆転劇を展開する。

関東大震災は東京を変貌させた。五十七万戸もの家屋が倒壊し焼亡し、江戸の風情は炎に包まれ消えていった。

虚ろになった街区で進められた再建……。思いがけない光景が現出した。鉄筋コンクリートのビル、間を縫って走る郊外電車、ターミナル駅に群れた通勤の人々……映画で見て、別世界と思っていた、アメリカの都会にどこか似通ってきた。

東京は、風俗や流行がめまぐるしく変わる現代都市に、新生したのだ。

そんな帝都に、「文藝春秋」は伴走し、成長していった。

編集部を移した雑司ヶ谷金山に菊池寛は自宅兼編集部をおき、生涯の住処とした。増築を繰り返し、後に五百坪の豪邸となって、金山御殿とよばれた。

ここで菊池寛は、芸術を横糸にビジネスを縦糸にして大緞帳を織りあげ、夢の舞台を開幕していった。

その華麗な人生にもう一歩踏みこんで、ヒットを連発した秘訣を探ろう。

菊池寛と谷崎潤一郎の卍

講談社からデビューした村上春樹と比べると、文藝春秋社の特性が分かりやすい。村上春樹は世界的作家として成功したが、歩みに、ドラマ性やスキャンダル性がない。群像新人賞をえたとき、ジャズ喫茶を共に営む女性とすでに結婚していた。

かたや「文藝春秋」は創刊時から、作家の醜聞を集めたコラム「現代文士消息」を連載して、「文春砲」と呼ばれる、現在に続くスキャンダラスな手法が兆している。

物書きや芸人の醜聞をドラマに仕立て、雑誌を手に取らせる上手さは、さすが菊池寛は劇作家、というべきか。

その構成は、時に、奇々怪々な人間模様を浮かびあがらせる。例えば、有名な谷崎潤一郎の細君譲渡事件――。

当時、谷崎は「中央公論」の秘蔵っ子。彼と最初の妻との不和は、かねてより噂の的だった。『痴人の愛』が大阪毎日新聞に連載され、異様な設定が話題となった大正十三年、創刊して一年余の「文藝春秋」十月号の「現代文士消息」にこう記された。

――谷崎潤一郎氏――葉山三千子こと通称おせいを自家より追い出しフランス人の妾を物色中。

谷崎潤一郎はこれを読んで、どんな感慨を抱いただろう。「誰憚らぬ言い放題」が売り物の新興雑誌だから、と一笑に付したのか。

むろん、作家の噂話を売り物にするコラムは他誌にもあった。「新潮」前身の「新声」は「文壇風聞記」を連載して人気だった。流行作家の尾崎紅葉は絶好の餌食で、紅葉は「新声」関係者を避け、来訪されても会わなかったほど（「十千万堂日録」明治三十四年七月二日付）だった。

それと比べると、谷崎のとった行動は謎めいている。悪魔主義と言われたのはこういう性癖ゆえか、「フランス人の妾物色」などと書きたてた「文藝春秋」を避けるどころか、自分から近づいていくのだ。

経緯は、以下の通り。

『痴人の愛』に続いて『卍』を構想していた谷崎は、大阪弁のアドバイス役をした某女性に、古川丁未子を紹介された。古川はまだ二十代で、東京の出版社に就職したがっていた。谷崎は彼女を菊池寛に紹介し、職の斡旋を頼んだ。

文壇ゴシップを好む菊池寛に、若い女性を引き合わせたら、仲を勘ぐられて、何か書かれるに決まっているのに、なぜ——。

出版人として駆け出しの菊池寛にとって、「中央公論」秘蔵の谷崎は憧れであり、輝ける星だ。スターの願いを菊池寛は快諾し、古川丁未子を文藝春秋社の「婦人サロン」記者として雇い入れた。

谷崎と古川の仲が深まり、妻との不仲が決定的となったのは、その後だ。

文藝春秋社からいわば丸見えの状態で、谷崎は古川との仲を深め、再婚したが、二年ともたず破局。蔭で、大阪の富商の妻・根津松子との不倫が進行していたのだ。

谷崎潤一郎の悪魔主義

松子に谷崎が出会ったとき、彼女は芥川龍之介に夢中だったという。

昭和二年の「新潮」座談会で、芥川龍之介は谷崎作品を、筋の芸術性への疑問から批判した。谷崎は「改造」紙上で反論し、論争になった。

谷崎は、筋の面白さを除外するのは小説という形式の特権を捨ててしまうことだと主張し、芥川は、志賀直哉は筋に頼らないし、詩的なイメージを虚空より摑みとったような、例えば『冥途』を書いた内田百閒のような作例をよしとし、譲らなかった。

百閒をいちはやく認めた芥川は、さすが具眼の人だ。百閒の玄妙かつユーモアのある作風は後にもてはやされ、愛猫を失った老人を主人公にした『ノラや』は今も人気だ。とはいえ作家として名をなすのに紆余曲折があり、「冥途」が発表された大正十五年頃は無名の新人だった。

芥川は孤立無援で、「改造」に「文芸的な、余りに文芸的な」を寄稿して再反論を試みたが、神経衰弱が進行し、自ら作家人生に幕を引いた。

かたや谷崎は途切れることなく書き続けた。

派手な私生活で名は売れ、次々発表する新作は人気と高評価を獲得した。『源氏物語』のような多層的な人間ドラマを良しとし、ストーリーという小説の特性を最大限に活かしたからこそ、だ。

谷崎と芥川と、どちらの主張をとるかは、読者の好みだろうが、ストーリー・テラーは量産がきくのは確かだ。

芥川自殺後、谷崎は「改造」連載の『卍』を完成し、妻千代と離婚。千代は佐藤春夫と再婚して妻譲渡が現実となり、世間を驚かせた。

谷崎は再婚した文春の女性記者・古川ともすぐ破局して、菊池寛の面目を潰した。

当時、谷崎は、新興の文藝春秋社のことを、どう見ていたのだろう。まさか後に日本の出版業を代表する大会社になるとは、思わなかっただろう。

企んだわけではなかったのかもしれない。しかし結果として、乱脈ながら崩れずヒットを連発する「作家の貌」を印象づけるのに、新興の文藝春秋を利用した。

小説家の劇場

作家は往々にして、何で認められるかで、その後の作家としての生き方が決まる。

例えば野坂昭如は文部科学省推薦の必読図書「蛍の墓」の作者と思えない、派手な活躍ぶりをテレビで見せた。しかし、テレビCMの作詞で業界に認知され、もともとテレビ畑と知ると、理由を理解しやすい。

菊池寛は、「父帰る」の舞台で成功を得た。以後、劇（ドラマ）が、彼の宿業となった。

集団で行う演劇が資質だから、出版社という小説家・小説編集者集団の首領は適役だったのかもしれない。

小説に生きる男たちに、彼はのぼせあがった。才能のある作家志望者に情熱を注いで援助を惜しまなかったのは、若き日は同性愛者だったことの残滓かもしれない。

十代で歌舞伎や近松の心中劇に熱中し、大学では英国の劇作家バーナード・ショーを研究した。内外の演劇を知り尽くし、草創期の映画に興味を寄せ、その技術を小説に活用しようとした。横光利一が菊池寛により映画製作現場を紹介され、その視覚効果を作品に取り入れた逸話はよく知られている。

菊池寛にとって、ドラマとは何か――。

初期の出世作「藤十郎の恋」で、自ら語っている。

四条御中島都万太夫座の坂田藤十郎と山下半左衛門座の中村七三郎の、去年から持ち越しの競争が歌舞伎人気をよけい煽る。

天下一を謳われた藤十郎は江戸下りの役者に客を奪われ、起死回生のため、急飛脚をとばし近松門左衛門に原作を依頼する。リアリティを求めて、茶屋の人妻に偽りの恋をしかけるが、彼女は楽屋で首つり自殺をした。その噂が、いやが上にも、芝居の人気を煽った……。

ドラマ仕立てで人々の関心を煽り、観客を動員するからくりを、ここで明かしているのだ。

派手な仕掛けを世間からいくら顰蹙されても、菊池は何ら恥じる風がなかった。才能があるのにチャンスに恵まれない書き手に発表の場を与え、開花させ、日本文学に貢献していると、胸をはって誇りうるからだろう。

芥川賞の受賞歴が、名をなすために必須だった時代を変えた最大の功労者は、村上春樹だろう。三作目の長篇『羊をめぐる冒険』英訳が講談社インターナショナルより刊行され、英語圏デビュー。世界的成功をおさめるまでの、講談社インターナショナル編集者や翻訳者の苦闘、戦略は、辛島デイヴィッド著『Haruki Murakamiを読んでいるときに我々が読んでいる者たち』において追跡されている。そして彼自身の苦闘は『職業としての小説家』――「海外へ出て行く。新しいフロンティア」――の章に。

講談社は一九六三年に講談社インターナショナルを設立し、ニューヨーク等にオフィスを置いて海外事業を展開しており、村上春樹を世界市場に送りだすにあたりノウハウを培っていた。

この村上春樹の世界進出以後、芥川賞・直木賞を絶対視しないケースが目立ちだした。選考会における自作への批評に納得できないとして決別宣言をした（上毛新聞二〇〇三年三月三十一日）横山秀夫、五回候補にあげられた後、選考の対象になることを辞退した伊坂幸太郎等々。

自由な表現者であるのが小説家の本来の姿だから、権威に縛られない動きがあるのは当然で、「作家の数だけ小説作法がある」という本領を発揮したからこそ、二十世紀に小説ブームの世紀を招来できたのだろう。

それでも芥川賞、直木賞が戦前から昭和文学の隆盛に貢献し、平成七年（一九九五年）の二兆六千万超という最高益を導いたのは紛れもない事実だ。

昭和文学を日本中に浸透させるのに成功したのは、ひとえに創立者・菊池寛の辣腕と慧眼による。

あらためて、芥川賞・直木賞とは何なのか、出発点から考えよう。

始まりは昭和九年。『南国太平記』で人気作家になった直木三十五死去の二ヶ月後、「文藝春秋」四月号「話の屑籠」欄に、菊池寛は賞を設ける旨を告知した。

言葉通り、翌年の一月号で、発足を正式発表すると同時に規定を明示した。

菊池寛とその周辺がまとめたその文章で、まず目を引くのは、両賞が既発表の作品に与えられること（後述する）。

次に、芥川賞は「無名若しくは新進作家の創作中最も優秀なるものに」授賞するという曖昧さだ。直木賞は「無名若しくは新進作家の」までは同じだが、「大衆文芸中最も優秀なるものに」と「大衆文芸」とはっきり呼称を与えているというのに。

後に純文学とよばれるそれが何か、逆に、明確に定義された大衆文芸から照射したら分かる構図になっている。直木賞の対象となる「大衆文芸」とは、最新の風俗や恋愛を題材とした風俗小説と時代小説とした。だから今も直木賞に、現代小説や社会派ミステリー、時代小説が混在している。

芸術と大衆向け読み物を並立させるのは無理矢理な観があるが、そもそも娯楽とみなされた大衆小説の社会的地位が、この時代、向上していた。新聞・雑誌に掲載されたものに、良質な作品がいくつも出たためだ。

「大衆文学」とは、大正期の流行作家・白井喬二が、名づけ親とされる。彼は「民衆」ではなく「大衆」という言葉を、仏教用語から選んだ。経緯を、「大衆作寸言」（大正十五年一月「猟人」初出、尾崎秀樹『大衆文学の歴史　上　戦前編』56頁）において、「元来この字はダイシューと大の字を濁って読むのが本当の読方で、多くの僧の意味を表したもの」と記している。

さらに白井は日本初の『現代大衆文学全集』（平凡社）に協力したため大衆文学という概念の創始者とされている。

こうした事情を知っていた菊池寛が、さっそく「大衆文学」を、賞の創立時、借用したのだった。

大衆向きと、高踏的なもの。

後者に芥川龍之介の名を冠し、先に置いたのは、大衆文芸と区別されるべき、テーマに芸術性、思想性を醸し出す文芸があって、それが先にくるべき、という菊池寛の考えによった。

二分された、それぞれの頂点に立つ新人には、菊池寛流の劇性を付与する。

スター性の重視だ。

直木三十五というタフな、時代小説から「文藝春秋」の文壇ゴシップまでこなした書き手VS芸術家の典型としての芥川龍之介――。

イコンの名が冠された賞を授与された新人はしばしば、何でも書けるタフ・ガイのような、あるいは天才・芥川龍之介の生まれ変わりのような、輝きをまとう。

スター誕生　財団法人の極め付き

自殺した芥川龍之介の葬儀において、菊池寛は嗚咽を抑えきれぬまま、

「吾等　亦　微力を致して君が眠りのいやが上に安らかならんことに努むべし」

と、弔辞を読み上げた。

芥川がデビューした時、激しく嫉妬した。その胸に、どんな想いが去来しただろう。

芥川が絶望の淵にあったとき、自分は勝った、と浅薄にも思わなかったか——後悔に責め苛まれ、眠りの安らかならんことを切望して八年。

八回忌にはすでに賞の設立を進行させていた。動機について、彼は正直に述べている。

「半分は雑誌の宣伝に、（中略）半分は芥川、直木という相当な文学者を顕彰すると同時に、新進作家の台頭を助けようという公正な気持ち」（「文藝春秋」一九三五年一月号）による、と。

この頃、「中央公論」「文藝春秋」「新潮」の競合に、歴史物や探偵物の「講談倶楽部」（講談社）が参入してきて、読者獲得争いが熾烈になっていた。菊池が文学賞を思いついたのは、「改造」や「三田文学」等が懸賞小説を始めて、日本出版史上初の賞ラッシュがあったため、と言われる。新興の「文藝春秋」は、生き残りを賭けていたのだ。

芥川賞が創設されるまえ、新人にとって最高の名誉はサンデー毎日大衆文芸という賞だった。海音寺潮五郎、井上靖等をデビューさせたことで今も名が残る。

大正十五年（昭和元年）に始まってすぐ登竜門となったのに派手さはなく、公募して丹念に選考した。

既発表の芥川賞・直木賞と違って未発表作が対象だが、両賞のように二分野ある。しかし甲種が百枚以上、乙種が五十枚以内と、作品の長さによる素っ気ない分け方だ。良い作品が多い時には、入選を四、五作にしたりして、受賞者をスター化しなかった。

主催者はむろん、毎日新聞社だ。

いっぽう芥川賞、直木賞は、維持する「日本文学振興会」を菊池寛とその周辺が発足させ、三年後に公益財団法人として認可を受けた。日本の文化向上をめざす団体で、文部省（現文部科学省）と連携する、としている。芥川賞、直木賞受賞作の掲載誌は「文藝春秋」だが、その版元ではなく財団法人が選考を担当するという、二重構造になっている。

この権威付けと、雑誌が仕掛けるスター誕生劇の面白さのおかげで、類似の新人賞をしだいに凌駕し、太平洋戦争後はマスコミの発達により、ニュースとして大きく取り上げられるようになっていく。

本を読まない、文学になじみのない人々の興味を惹くという至難の業をなしとげ、昭和文学隆盛をリードした。

かくも成功した理由は、先述した通り、権威による極め付き等、複数あるだろうが、花形作家の名を冠したのが、何より奏功したのだろう。

純文学という壁

小説熱が一般に広まった昭和の始め、一般読者の人気は、中里介山、吉川英治、大佛次郎等がずば抜けており、そうした嗜好をもつ大衆は、尾崎紅葉や夏目漱石の活躍した明治時代がそうであったように、文学と大衆向きを区別していなかった。

しかし実際は、芥川龍之介が登場し、それ以前に泉鏡花がいて、明らかに大衆向けの読み物と違う文芸があった。

小説熱が高まり、掲載する新聞・雑誌が増えた大正末から昭和初期において、菊池寛はこの混乱を、何とか収拾したかったのだろう。高踏で思想性ある文学か、面白くてためになる大衆向けか、まず二分する。そして良し悪しを、具眼の人々に鑑定させて、全国に知らしめる——。

そんな意図が、両賞を「既発表の作品」を対象としたことに感じとれる。

しかし芥川賞と直木賞が開始されてみると、「芸術性、思想性」の芥川賞、「風俗、時代小説」の直木賞という菊池寛の大雑把な区別、あるいは壁を、時に出版社の都合で崩され、行き来させられた。

例はいくらでもあるが、最も姦しかったのは、山田詠美だろう。黒人米兵との恋愛をテーマにした文藝賞受賞作『ベッドタイムアイズ』が昭和六十年秋に、翌六十一年春の上半期に「ジェシーの背骨」が芥川賞候補になりながら、三年目に彼女は直木賞を受賞した。当時、なぜ芥川賞から直木賞に移されたのか、憶測が飛びかい、両賞の違いについて疑義がだされた。

芥川賞を逃した彼女は、『風葬の教室』『放課後の音符』『僕は勉強ができない』と良質な高校生小説を書いて高い評価を受け、直木賞受賞の十六年後、資質として本来受賞すべき芥川賞の選考委員となった。

また「パーク・ライフ」で芥川賞を受賞した吉田修一は、次に鬼気迫る長編『悪人』で選者の期待に応えながら、時を移さず、直木賞作家が書きそうな青春小説『横道世之介』をものした。壁は、書き手が主体的に壊すべきものなのかもしれない。

大なる君

菊池寛の「半自叙伝」にこんな記述がある。

戦争前ハルピンに行った時、ロシア語の本（著者注「真珠夫人」）が出ているのを見て驚いた。

もっとも、外国人が日本語の本を読むとき、自分の小説は一番よみ安いとの事である。（前掲書、74頁）

グローバル化がいわれる一世紀前に、菊池寛の小説は海外進出を果たしていたのだ。

外国人に読みやすいと言われたという理由は、彼が英米の小説を原書で濫読しながら小説を書いていたのが一因かもしれない。いわゆる英語脳で文章を紡ぎだしていたのか。

最近、その英語脳が若い書き手に幅広く浸透しており、日本の小説を痩せさせ、魅力を減じさせている、という批判がある。

しかし外国人に読みやすいといわれた菊池寛の小説は、豊饒な言葉の世界をみせている。英文学のみならず、江戸文学や漢籍、詩文に通じていたおかげか。

和漢洋の、該博な知識があった菊池寛だが、先進性は、残念ながら文学の領域にとどまり、それ以上の広がりをみせなかった。

理由を、私生活に探ろう。

秘書で愛人だった佐藤みどりの実録小説『人間・菊池寛』に興味深い記述がある。ロシア人作家ピリニャークが一九二六年に初来日したとき、菊池寛をソ連に誘ったというエピソードだ。

しかし菊池は若い彼女の浮気を疑い、痴話げんかでソビエト旅行が中止になった。

もしスターリン支配下のソ連に旅していたら、明察な彼のこと、どれほど視野をひろげ、思索を深めることができただろう。

来訪をすすめたピリニャークは、ソ連軍最高司令官の暗殺死をテーマにした『消されない月の話』が代表作。二度の日本滞在が仇となり、スパイ容疑で銃殺された。国家対個人の苛烈な現実を菊池寛がその眼で見ていたら、太平洋戦争が勃発したとき、言論をリードする立場にあって、変節はなかったかもしれない。「中央公論」と足並み揃えて、リベラルを捨てなかったかもしれない。

太平洋戦争開戦前夜、菊池寛襲撃の計画が発覚し、雑司ヶ谷の邸が厳重な警備を受けるという事態にいたった。

激情家ゆえ家族愛が深く、緊迫した状況のなか、時勢への協力へ、舵を切らざるをえなかった。敗色濃くなると、今度は、リベラルからの変節を糾弾された。右と左から石礫で、妻の包子はしだいに心を壊していった。

長男の嫁が入浴中、突然、風呂場に入ってきて、裸の腹部を蹴って流産させたり、狂気じみた行動を、追い詰められた彼女は繰り返した。

結局家出し、別荘にこもった。その時、寛は病臥して、飲み物しか喉を通らない状態だったが、目配りしてくれる妻はいない。娘を使いに、連れ戻して、快気祝いの宴をひらいた最中、狭心症の発作をおこして急逝——。

葬儀で、作家の里見弴が弔辞を読み上げた。

「君の場合に於いては、功罪も毀誉も棺を覆ふてのち定まる程の小規模なものではなく、後生まで永く続けば続くほど君の大を証する所以となり」(『菊池寛急逝の夜』196頁)

この予言は的中した。菊池寛が興した数々の事業や団体は一世紀という長い歳月を生き抜き、今も日本の文芸の中心にある。

昭和文学誕生

「まるで心は肉体と一緒にぴったりとくっついたまま存在とはよくも名づけたと思えるほど心がただ黙々と身体の大きさに従って存在している」（横光利一「機械」）


心は肉体とぴったりとくっついたまま——。

はじめて横光利一を読んだ時の感動を、私は今も鮮明に思い出す。

昭和四十七年と記憶が確かなのは、日米安全保障条約の改定や大学運営をめぐり激化した学生運動が、浅間山荘事件という陰惨な事件へと雪崩れこんだ時だったからだ。

通学途中、路上でデモ隊と機動隊が衝突するのを何度も見た。催涙ガスと火炎ビンの応酬で、交番が炎上する、暴力沙汰が日常となっていた。

浅間山荘に籠城した過激派の連合赤軍は機動隊に追い詰められ、仲間内でリンチを繰り返して十二人の犠牲者がでた。テレビは連日、凄惨な映像を流していた。

学生運動が暴力化するばかりだった時期に入学した私は、大学自体に興味がもてず、はやく卒業することばかり願って、単位取得に精を出していたのだが、騒乱に収拾がつかず、夏休み明けに大学にいくと、扉に錠がかけられ、休校を知らせる貼紙があった。

いきなり宙に放りだされた気がした。

半年も続いた休校で、ただ孤独だった。

そんな時、横光利一の本と出会った。古書店の隅にあった、色褪せた文庫本。手に取った時の、埃っぽい感触を、今も覚えている。

彼はすでに忘れられた作家だった。半世紀近く前の小説なんて、どうせ時代遅れだろうと、期待せずに読みはじめたのに、私は心を摑まれてしまった。その言葉は、予測不能な繫がり方で、私の状況と心情をずばり言いあて、混乱を映しだしてみせた。

「善良な心がいらだちながら震えている……」(「機械」)

朱線を引き、何度も反芻した。

それから、「純文学」と呼ばれるジャンルを読み漁った。当時、新潮社が出していた「純文学書下ろし」シリーズは、遠藤周作、石川達三、立原正秋、庄野潤三、中村真一郎、堀田善衛、丸山健二、福永武彦、倉橋由美子と粒ぞろいで、芳醇な美酒に酔った心地にさせてくれ、孤独も空白も吹きとんだ。

小林秀雄は横光利一の「機械」を「世人の語彙にはない言葉で書かれた倫理書」(「文藝春秋」一九三〇年十一月号)と評した。「詩」と「哲学」に小説を架橋したとも言われた。川端康成とともに新感覚派ともモダニズムとも囃され、人気を二分したが、昭和文学は横光利一により始まると、文学史研究者は口を揃えて言う。

中村光夫は『日本の現代小説』で、新感覚派で最も大成したのは川端康成だが、この派を代表するのは横光利一だとする(31頁)。

新しさが、作品創作の動機となっているのが最大の特徴であるため、昭和文学の第一走者となった、と言うのだ。

この理由に私は疑問を抱く。社会的なテーマでは確かに川端より「新しい」ものを創りだそうとしたが、感覚の冒険において、川端は負けず劣らず、実験的だからだ。

それでも横光利一が、昭和文学のトップランナーだと、私は別の理由により、信じて疑わない。

それを、説明しよう。

生年は明治三十一年。父親は鉄道設計技師で、母親は芭蕉と同郷の三重県伊賀市出身で、遠縁の可能性がある。

そのため若い頃から芭蕉に心を寄せ、俳諧を試みた時期があった。彼の「世人の語彙にはない言葉」とは、資質にくわえ、芭蕉研究により体得されたのだろう。

若き日、前衛的な小説で、博文館「文章世界」公募に応募した。自然主義、写生重視の時代ゆえ、佳に選ばれても一等になれず、不遇時代が続いた。才能を認め、経済的支援をして発表の場を与えたのは、先述した通り菊池寛だった。「文藝春秋」創刊の春、特別号に掲載された「蠅」で最初の成功をえた。

一躍、注目の的となり、「マルクスの審判」を「新潮」に、「花園の思想」を「改造」に、「七階の運動」を「文藝春秋」に、「ある職工の手記」を「サンデー毎日」に、「高架線」を「中央公論」にと、一流誌で活躍した。

初期の前衛性はしだいに影をひそめ、ストーリー・テラーの性格を強めていく。多作しても文章は荒れず、確かな人物造形でキャラクターの対立に現実味があり、娯楽性と文学性を両立させ「小説の神様」とよばれた。

菊池寛から「純文学作家」代表に推されながら、「婦人公論」等に通俗小説を連載して女性読者を摑み、昭和の、職業作家の時代に先駆けたのも、理由の一つだが、彼が「昭和を代表する」訳は、これだけではない。

価格戦略

関東大震災で経営不振に陥った改造社は、昭和に元号があらたまった一九二六年、社運を賭けて、一冊一円の「現代日本文学全集」を刊行した。思い切った低価格戦略が当り、二十七万もの予約が殺到した。この成功をみて春陽堂が「明治大正文学全集」を、新潮社が「世界文学全集」を刊行し、いずれもヒット。

円本ブームがやってきた。

学術書や『漱石全集』で成功をおさめていた岩波書店はこのブームをみて、古典を一般大衆に入手しやすい体裁にした岩波文庫の刊行を決断した。誰もが教養書を手にできるように、低価格路線に力をいれたのだ。

岩波文庫は、岩波ボーイなる新語が生まれたほど、ヒットした。

円本、岩波文庫、そして人気と実力をかねそなえた花形作家たちの活躍と、昭和文学の最初の黄金期が到来した。

谷崎潤一郎が中央公論社の秘蔵っ子だったように、横光利一は改造社のスターとなった。『現代日本文学全集』の紹介文に才筆をふるい、宣伝の講演会に女性観客を集め、と、貢献した。無名時代は菊池寛に救われたが、作家としての運命は改造社と共にあった。

太平洋戦争の終結前後、芥川賞が四年間中断した。改造社はその期間の後半、横光利一賞を創設した。横光が胃潰瘍で急逝した翌年の昭和二十三年、第一回の受賞作として満場一致で選ばれたのは、大岡昇平『俘虜記』だった。

川端康成の弔辞の文言が知られる。「君は鋭角に生きた」――。「鋭角」とは、横光利一が常に「新しい」表現を目指した故、選ばれた言葉だろう。短編「機械」にみられるように、当時席巻中のプロレタリア文学への接近を試みた。またジェイムズ・ジョイスの『ユリシーズ』を研究し、渡欧するなど、開戦直前にもかかわらず世界に目配りした。

経歴をみると、確かに川端康成より「新しい」文学を目指していたようにみえる。ところが今、その作品を読み返すと、彼が描きだした世界が意外に馴染みやすいのに気づく。

四畳半でちゃぶ台を囲んで団欒するような、「昭和」の温もりがあるのだ。

彼自身、父はエリートの勤め人で、母親は専業主婦と、海外転勤だけが苦労の、波乱のない育ち方をした。私小説が糾弾しつづけた、封建的家制度の圧迫から解放された「私」は、自分の得意を職業とし、恋愛して結婚し、子供を育て、明るい未来を信じられる――。

川端康成は両親を早くに亡くし、盲目の祖父に育てられるなど異常な生育歴を持つが、横光利一は平穏な家庭の枠組みから外れたことがない。さらに二十代で母親が病死したため、彼自身、結婚生活は「核家族」だった。「昭和の理想」「昭和に生きた大衆が求めたもの」を、先取りした人生だったのだ。

時代の気分に合致したストーリー・テラーだったからこそ、多数の読者を獲得できたのだろう。幼い姪をえがく初期の「御身」から、晩年の「夜の靴」まで、家族の風景をえがく妙手だった。戦中の記録が、その愛の深さを教えて、心を打つ。

子供たち二人を外の防空壕へ入れて置いた夜のことである……照明弾の落ちて来る耀きで、ぱッと部屋の明るくなるたびに、私は坐蒲団を頭からひっ冠り、寝ている妻の裾へひれ伏した。すると、家の中の私たちのことが心配になったと見え、次男の方がのこのこ壕から出て来て、雨戸の外から恐そうな声で、「お母アさん。」とひと声呼んだ。あまり真近い声だったので、「こらッ。危ない。」…　私は大きな声で云いながらも、あの壕の中の二人さえ助かれば、後は、――と思った（「夜の靴」『定本　横光利一全集　第十一巻』３４５頁）

子供たちさえ助かれば――。

切なる願いを打ち砕き、かけがえのない幾万の命を、空襲は容赦なく奪った。

あの荒ぶる時代が、またくるのだろうか。歴史は繰り返すと、人は言う。

激動する、コロナ後の世界。私たちは、受け入れがたい理不尽を付きつけられている。

不条理を生き抜いた戦後作家たちの群像が、今、にわかに新しい手掛かりとなって映じる。

第七章　終わりから始まる物語

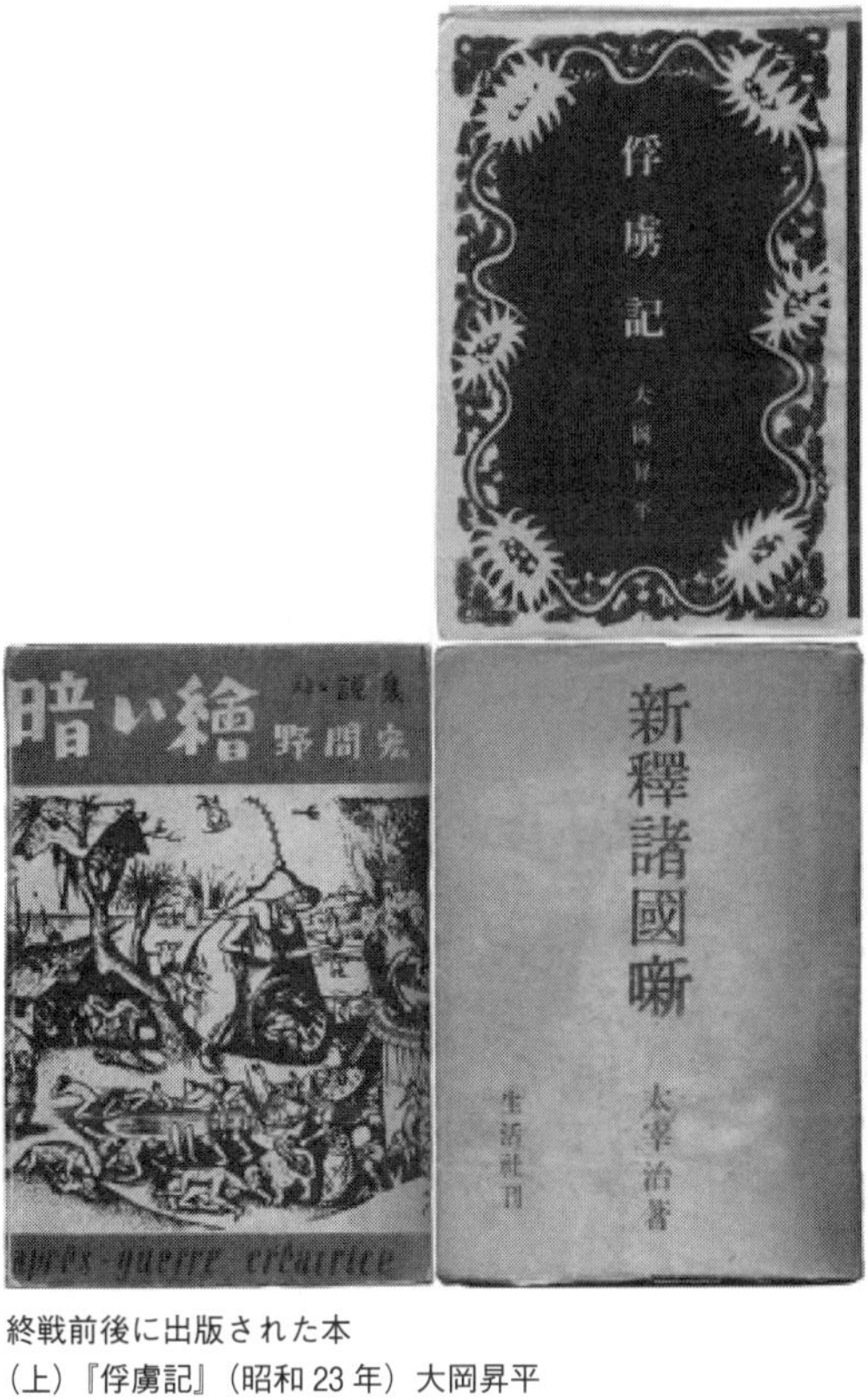

終戦前後に出版された本
（上）『俘虜記』（昭和 23 年）大岡昇平
（下右）『新釈諸国噺』（昭和 20 年）太宰治
（下左）『暗い絵』（昭和 22 年）野間宏

世界は一新せられた

原子爆弾投下という、空前絶後の惨禍をもたらした太平洋戦争だが、開戦前夜は、戦争を知らない今の私たちにとってそうであるように、どこか物語めいていた。

開戦の報に接した太宰治は「目色、毛色が違うということが、之程までに敵愾心を起こさせるものか。めちゃくちゃに、ぶん殴りたい」(「十二月八日」)と少年向け冒険小説並みだし、高村光太郎は感動のあまり落涙して、真珠湾奇襲賞賛の詩「記憶せよ、十二月八日」を書いた。「世界は一新せられた」と、神話の一章のようだ。

アメリカと戦争をしたら結果はどうなるか、高村は若い頃、欧米に遊学した経験があったのに、冷静な判断をした形跡はない。

同じく渡航組でも、永井荷風の反応は違っていた。悪い結末を予感し開戦の報に慄然とした。両者の差は、どこからくるのか。想像するに、永井荷風が横浜正金銀行(後の東京銀行)ニューヨーク支店等に勤務し、留学組より、彼の国の現実を痛感する機会があったためかもしれない。明治四十一年に帰国し『あめりか物語』『ふらんす物語』と立て続けにベストセラーを放った荷風は、自然主義に拘泥していた日本文学に新風を送りこんだ。慶應大学教授となって「三田文学」を創刊。文学的成功とともに世間的成功をえた。

しかしほどなく大逆事件がおきた。彼は大学へいく途中、四谷の通りで、ぐうぜん囚人馬車を目撃した。五、六台も引き続いて、裁判所へ走っていく――。その記憶は、生涯、彼の脳裏から消えることはなかった。文明国にあるまじき行為と、発言しなかった自分を恥じるとともに、軍国に雪崩れこむ祖国への危惧は強まるばかり。いよいよ太平洋戦争開戦で、絶望に打ちひしがれた。

真珠湾奇襲成功に沸くこの国で、自分など、「博徒にも劣る非国民、無頼の放浪者」(『歓楽』)と、自嘲に囚われ苦しい。

東京への空襲が本格化すると、しばしば錯乱した。不吉な予感を遥かに凌ぐ、酷すぎる地獄絵図が現実となり、彼の麻布の邸は空襲で炎に包まれた。


米軍は開戦当初、中国の成都から爆撃機を発進させていた。日本までは遠路で、本土空襲が難しく、軍需工場や輸送路を狙って破壊することしかできなかった。

ところが昭和十九年マリアナ諸島を陥落、そこに空軍基地を急造し、本土をやすやすと襲えるようになった。以後、民間人への無差別攻撃が、のべつ幕なし、この世の終わりさながら、日本は奈落の底へ突き落とされた。

東京、名古屋、大阪、神戸と大都会のみならず、地方都市にも米軍機が不気味な姿を現した。

瀬戸内晴美の母は四国の徳島市にいて、「こんな田舎のちっぽけな町へは空襲など来る筈がない。もし来たときは日本が負ける時だ」と、口癖のように言い（齋藤愼爾『寂聴伝　良夜玲瓏』88頁）、終戦直前の七月四日未明、市の半分以上を焼き尽くした空襲のとき、炎上した防空壕にうずくまり、助けようとした夫の手を振りはらって焼死した。

その年の二月、東京で大規模な空襲があり、書籍の集積地とよばれた神田一帯、演劇の中心だった銀座が焼き払われた。

三島由紀夫は入営通知の電報を受け取り、遺髪や遺爪を用意して死を覚悟したうえ、観劇にくりだした。空襲であちこち廃墟となっていたが、燃え残った明治座で芝居を楽しんだ帰路、銀座四丁目の老舗書店の教文館がいやに近くに感じられると記している。（『決定版　三島由紀夫全集42巻』１０３頁）

彼は元号が改まる直前に誕生したため、満年齢は昭和と同じ数だ。

もし三島が半年早く生まれていたら……。徴兵され、南洋に送られ、昭和文学の金字塔は生まれていなかっただろう。

そして三月九日、東京大空襲――。

空から撒かれたクラスター弾は地上近くで三十八個に分かれ、火の雨となって、逃げまどう人の体を撃った。頭が、腕が、背が、燃える肉片となって飛び散った。

木造家屋が密集した町はたちまち炎上した。深川周辺、両国付近も、夜空が異様な明るさ。

翌日、焼きつくされ、廃墟となった空間に、旧両国国技館のドームが黒く焦げたナベのように残るばかりだった。

書籍取次ぎの日配（日本出版配給株式会社）の倉庫も燃え、数百万冊の本が灰となった。

「あわてて閉じたまぶたの裏に、金色の閃光がはしる。焼夷弾は、落ちてくる！と叫んだ男ののど首に、火をふいてつきささった。その横を走ってきた女の左肩をかすって、電柱にささりこみ、あっというまに、あたり一面を地獄絵図に変えてしまった」（早乙女勝元『東京大空襲　昭和二十年三月十日の記録』62頁）

十九万発の焼夷弾が、二時間二十二分間、火の雨となって東京に降りそそいだ。

そして八月六日、広島に、九日には長崎に原子爆弾が投下され、市街を焦熱地獄にした。

同年八月十五日、日本人は敗戦を告げる玉音放送をきいた。

日本の美しさのほかのことは、もう

川端康成は戦中、窮乏しきった文筆家たちを見過ごせず、鎌倉文庫運営に奔走した。知人や自分の蔵書を集めて貸本業をし、出版も手がけて精力的に活動したが、敗戦の報をうけ、打ちのめされてしまう。

深い虚脱感のなか、ようやくペンをとり、こう記した。

「私はもう死んだ者として、あはれな日本の美しさのほかのことは、これから一行も書こうとは思はない」（「新潮」復刊第一号）。

あわれな日本の美しさ――。

広島在住だった人々は、原爆という人類史上初の、凄惨な体験を語らずにいられなかった。原民喜『夏の花』、林京子『祭りの場』等々。そして外地からの引き揚げ者の藤原ていは『流れる星は生きている』で、多くの人々の共感をよんだ。

しかし戦争責任を問われた人もいて、日中戦争従軍記『麦と兵隊』が戦中ベストセラーになった火野葦平は、敗戦後、戦犯として糾弾された。戦中、菊池寛らと共に文芸銃後運動をした横光利一も厳しい批判にさらされた。

いっぽう戦中の体験を封印した作家もいた。五木寛之は朝鮮半島で母がソ連兵に暴行された苦悩を長年秘し、半世紀を経て、ようやく重い口を開いた。

昭和の作家たちはそれぞれ、人間悪の極みの戦争をくぐり抜け、精神を練磨していったのだ。敗戦の焼け野原で、「無」に置かれながらも。

日本の文学史において、無残ながら、これほど公平な「場」はなかったかもしれない。「何もない」……。

ゼロからの出発という点では、みな等しかったのだから。

廃墟より

筆一本あれば再開できる作家と異なり、出版社は事情が複雑で、各社、混乱からなかなか抜け出せなかった。戦中、用紙の特配を受けたところは急転逆風を受け、戦争に疑義を表明して社業停止を命じられたところは、鎖を解かれても再建が難しかった。

各社の事情を一つまた一つと見ていくと、戦後の出版界の展開が立体模型のように、形をなして、たち上がってくる。

「筆戦場」から

伊藤整の日記に、帝都ことごとく焼ける、との報に底知れぬ不安を感じて一睡もせず、夜が明けると真っ先にここに駆けつけた、とある。

文芸出版の老舗、新潮社だ。

「ひどい混雑の中を市谷下車、新潮社へ行く。途中先日まで残っていたのが、二十六日の空襲で焼かれているので、社はどうかと思いながら北町まで行くと、酒井邸の庭木が青く繁っているので、あの一画は大丈夫かと思ったが、そこを過ぎるとまた一望の焼け野原」(『太平洋戦争日記(三)』３２４頁)

新潮社の辺りもがらんとして、焼けた地面が広がっていたが、四階建てビルが廃墟に屹立していた。

「奇跡のようだ」と、伊藤整は喜びを日記に記した。

燃え残ったこのビルは大正十二年、ゾラの『ナナ』が大ヒットした直後の着工で、「ナナ御殿」と囃された。御殿を差配したのは辣腕編集長の中村武羅夫で、開戦前、川端康成らに海外の最新の小説を学ぶ会を世話したりと、さまざまな活動があった場所だった。

他社がゾラの『居酒屋』を出して売れなかったのに、新潮社は続編『ナナ』の翻訳に工夫をこらしベストセラーにした。知略で建ったビルが、戦火に耐えたのだ。

これからも小説の力を信じ、邁進すればいい——。

看板文芸誌「新潮」は、川端康成の「あはれな日本の美しさ……」の一節をふくむ原稿を得て、早々と復刊の準備がすすんだ。玉音放送の翌月の九月に、言論・出版業に関わるGHQ指令がでて、戦中の言論統制関連法令が全廃され、出版の起業や再開が自由になった。

これを受け、新潮社は十一月に「新潮」再開。応召していた社員も続々帰還し、ナナ御殿は活気を取り戻しつつあった。

しかし看板雑誌「新潮」以外の出版は、ままならなかった。昭和二十年、占領軍の割り当てた用紙は戦前の一割程度、東京に工場が集中していた印刷は壊滅状態と、不本意な状況のなか、創業者・佐藤義亮の病が篤くなった。

若き日は、「筆戦場」（博文館）投稿に情熱を燃やした、文学青年だった。東北から上京して出版社を興し、文芸誌「新潮」を創刊した。倒産、裁判と数々の辛苦を耐えて、日本の文芸誌中、最も長く存続した、作家にとって最高の発表の場に育てあげた。

小説を何より愛した佐藤義亮だったが、無念にも、戦後の復興を見ぬうち、この世を去った。

ペンは剣より強し、を信じて

改造社は谷崎潤一郎『卍』、林芙美子『放浪記』、志賀直哉『暗夜行路』等、優れた小説を世に問い、横光利一を人気作家にし、昭和文学の前線で戦った。

創業者・山本実彦は薩摩隼人らしい先取性、開明性を持ち、世界の最先端の学芸・文化を日本に紹介するために力を尽くした。

大正八年に「改造」を創刊し、英国の哲学者バートランド・ラッセルの講演会を日本各地で開催した。その折、アインシュタインの名を教えられ、渡欧中の知人や日本人弟子の伝手をたどり、招聘に成功した。東京毎日新聞を率いて培った人脈を最大限に生かした活動は、戦前では稀な国際派だった。

出版人として、文化事業家として、八面六臂の活動ぶりだったが、国粋主義を強めていた政府には、警戒の対象以外の何物でもなかった。

太平洋戦争の進行と共に、暗雲がたちこめた。昭和十七年、「改造」八・九月号の論文がロシア革命後の共産主義を讃えて反政府的であるとして、その論文の著者と宴席で同座した改造社、中央公論社、朝日新聞社、岩波書店等の関係者が治安維持法違反で六十人以上逮捕され、拷問を受けて四人が獄死するという、横浜事件のきっかけとなった。

言論抑圧を象徴する事件として明治期の大逆事件と並べて語られることが多いが、横浜事件では右翼思想家も同時に逮捕されたため、政府が言論の自由そのものを認めない姿勢を明確にしたので、左右の如何を問わないものだという異論がある。

ここでは出版社の受けた衝撃に限定する。当時の状況を知っている、編集者の記録を引用しよう。

（横浜事件とは）昭和十七年の「改造」八・九月号に載った細川嘉六の論文「世界史の動向と日本」に端を発する思想弾圧事件であった。神奈川県特高警察の手により「改造」、「中央公論」の編集者らが多数逮捕され、共産党再建準備のため共謀した、という架空のシナリオのもとに、苛酷な取調べを受け、死者までが出た。特高の係官の一人は「小林多喜二の二の舞を覚悟しろ！」と怒鳴りながら、拷問を加えた。しかし、この当時、事件の全貌はまったく知らされず、改造社の社員でさえ、事の重大さを察知できなかった。（大村彦次郎『文壇さきがけ物語』２２５頁）

敗戦を目前にした昭和十九年、改造社は内閣情報局より解散を命じられた。

廃業に追いこまれた改造社から、雑誌「文藝」を引き受けたのが、河出書房だった。

明治十九年、岐阜の成美堂書店の東京支店として科学書や思想書、教科書等を出した会社を出発とする。昭和初頭の円本ブームをみて、二代目社長の河出孝雄が文芸出版に進出し、河出書房と社名を変えた。

昭和十九年、戦争の激化で政府の監視が苛烈をきわめた危険な時に、横浜事件の主犯格とされた改造社に手を差し伸べ、「文藝」を引き継ぐという侠気をみせたのも河出孝雄だ。

おかげで改造社の「優れて先鋭的な」小説を世に送る社風は、この社に生き続けた。戦中に若き三島由紀夫の短編「エスガイの狩」を掲載し、困難な時期にもかかわらず、デビューさせて世界的作家への道を拓いたことは特記されるべきだろう。

東京大空襲で日本橋区にあった社屋が被災したものの、千代田区神田小川町に移転し、敗戦直後の九月に早々と「文藝」を再開した。

以後、三島由紀夫、野間宏ら大物を世に知らしめ、復刊と同時に設けられた新人賞「文藝賞」は第一回受賞者に高橋和巳を選び、田中康夫、長野まゆみ、山田詠美、綿矢りさ等々、人気作家を育てた。

現在も「文藝」は、「新潮」「文學界」「群像」「すばる」と共に、日本を代表する文芸五誌と呼ばれる。

嵐の中のデモクラシー

昭和三十六年、「中央公論」に掲載された深沢七郎著『風流夢譚』に不敬な表現があったとし、嶋中鵬二社長宅が襲撃された。

妻は重傷、女中が殺害された。

中央公論社は社業を急伸させた大正五年に「婦人公論」を創刊し、さらに女性作家たちの集い「十日会」を主催して戦後の女流文学者会につなげるなど、他社に先駆けフェミニストだったのに、社長宅で女性が殺傷されるという、惨劇の舞台になってしまった。

日本に民主主義思想をひろめ、実践に努めた実績ゆえ、この社はいつの時代も政治に翻弄された。

太平洋戦争中は横浜事件を発端に、改造社と共に廃業を命じられた。

ところが太平洋戦争が終結すると、GHQより束縛を解かれ、民主主義の喧伝のため、さまざまな形で指導的立場におかれた。伝統ある「新思潮」に、嶋中社長が招かれたのもその一つの現れだ。

しかし朝鮮戦争が勃発し、日米安保体制が強化されると、『風流夢譚』で右翼に襲撃され、戦中の悪夢ふたたび……。

統制と自由と。

揺れ続ける出版界において、中央公論社がどのような位置にあるか――。

その時代が自由な言論を許すか否か、一つの指針になるようにも見える。

巌の信念

岩波書店創始者・岩波茂雄は、昭和十五年三月、津田左右吉とともに起訴された。

判決結果は有罪――茂雄は禁固二ヶ月、執行猶予二年。いつ収監されるか分からない緊迫した状況だった。小石川の自邸が空襲で焼け、次は本社ビルを失うかと覚悟を決めた直後、敗戦の報らせ……。

岩波茂雄は、どんな想いで玉音放送を聞いただろう。どの出版人とも、異なった道を選んできた彼だから。

戦中も、揺るぎない信念を持ち、発言に変節がなかった。おかげで裁判に苦しんだ。なぜ岩波茂雄は、荒波を真っ向から受け、乗り切れたのか――。

まず彼の、慎重な対応が目を引く。

時事を論じる雑誌「世界」を創刊して雑誌ジャーナリズムへの進出をはかったのは、言論の自由が真に認められた戦後からだ。創業の、三十年後なのだ。

新聞紙法で厳重な規制があった戦前は、前章で触れたとおり、文責を編集人にして、自社は販売責任のみと奥付に記すなど、慎重を極めた。

細心ながら、変節せず、潔く裁判を受け、東京を去った。

本社ビルが空襲をまぬがれるという強運もあった。おかげで敗戦後は状況が急転。翌年、文化勲章を授与されるという栄誉に浴した。昭和十二年に創設された、この最高の栄誉に浴した出版人は、戦前、戦後を通じ、彼一人だけだ。

公職追放の憂き目にあった菊池寛とは天と地の差だ。

危険と隣り合わせの出版界で、信念の揺るぎなさは唯一無二。岩波書店は、戦後の出版界で、最高の権威とみなされていく。

ＧＨＱ来る

激動の昭和二十年十二月十九日、講談社の本社ビルに突然、占領軍のジープが横付けされ、大柄なアメリカ兵たちが扉を開き、押し入ってきた。民間情報教育局（ＣＩＥ）の一隊だった。占領軍に目をつけられたのは、講談社が戦中、用紙の特別配給を受けていたからだ。膨大な量を融通してもらったのは、軍国主義を煽動する出版物を刊行したからではないか——。追及は苛烈だった。

ギリシャ神殿のような洋館の本社ビル「音羽御殿」は激甚な空襲を、向かいあう護国寺と共にしのぎ、焼け野原に麗姿をみせていた。それなのに、内部は、修羅場と化した。

音羽御殿の主は「雑誌王」とよばれた野間清治。二代目の恒は皇族の血をひく女性と結婚。華麗なる一族が率いた社が、皇国賛美を鼓舞したのは事実だった。

私設文部省とよばれたほど、子供への影響は強く、少年雑誌は毎号、勇ましい兵隊の血湧き肉躍る戦記物を掲載した。『少年倶楽部』表紙をみると、愛くるしい少年が航空機を操縦する絵が配されたりしている。

昭和二十年末、米軍がジープを横付けした前月の十一月、民間情報教育局は調査を始めた。

その頃、占領軍により三井・三菱・安田・住友といった財閥の解体がなされたため、講談社も解散に追い込まれるのではないかという噂があり、社内の不安は強まっていた。会社存亡の危機にあり、社員は民主化を求めて、社内争議が激しくなった。

内と外から揺さぶられた講談社は、解散命令という不測の事態にそなえ、終戦の一ヶ月半後に別会社の光文社を用意した。

占領軍の追及は容赦なかった。戦中、六誌の雑誌を定期刊行していたのに、敗戦の年、維持できたのは「現代」一誌のみだった。

沈みこむ本丸

「中央公論」にならぶまでに成長していた「文藝春秋」がみせた戦中の変節は、『「文藝春秋」とアジア太平洋戦争』（鈴木貞美著）等において、詳細な研究がなされている。

ジャーナリズムと戦争、国家による言論統制とメディア等々……指摘されるものは、メディアの萎縮がいわれる今、きわめて現代的な課題でもある。

なぜリベラル派の「文藝春秋」が、戦争に協力したのか……。

理由の一つに、菊池寛の自宅に暴漢が押しかけ、リベラルな考えを押し通したら、いつ殺されるかわからない状況があった。

親分的気質の菊池寛は、祖国が開戦した以上、協力するのは人間として当然だと、人情論を口にし、堰を切ったように戦争協力へと方向転換した。

中国との軋轢が本格化し、全面戦争への突入が避けられぬ状況となったときだ。

一九四二年、内閣情報局の命令により日本文学報国会が組織され、三千人といわれる文学関係者が戦争に文芸で協力する体制が整えられると、菊池寛は陣頭指揮。

昭和十三年、日中戦争に従軍中だった火野葦平の『糞尿譚』を芥川賞に選び、小林秀雄が中国・杭州に出向いて授与した。

さまざまな形で政府に協力して粉骨砕身し、そして迎えた敗戦……。

菊池寛は公職追放された。飛ぶ鳥を落とす勢いの戦前とは、何という違いか。

銀座本社ビルは被災したが、彼の自宅兼編集部「金山御殿」は被災を免れていた。本丸は残っても、事業再開は至難の道。

戦争が終わって、人々は続々東京に戻ってきていた。焼け跡がにぎわいを取り戻しても、文藝春秋社、講談社という出版界の二大巨頭は沈みこむばかりだった。

第八章　たちすくむより、跳べ

「国際女性」　昭和 21 年発行
谷崎潤一郎が創刊に尽力し顧問をつとめた
（日本近代文学館所蔵）

カストリの経済学

花よりほかに

駅うらの　つゆくさの
花よりほかにこの町にはもう
美しいものがないと貴方はいうのか

なるほど風に汚れたこの紙屑は
過去の記録のおびただしい集積の
——キナくさい硝煙と
沈んだ船と飢餓行と
とび散った青春と
夢と笑いといのちの数々

神々は死に人は飢え
花よりほかに美しいものがないと
貴方はいうのか
こころみに　あしたの駅に立ちたまえ
夕日の沈むその前に
ああ　ゴウ　と音たてて北陸新米の
貨車のわだちがとまるとき
光をみよう
白くつぶつぶと
花よりきれいにざわめいている
光をみよう

——南洋より生還して　詩・田中阿里子

汽車に鈴なりの、疎開者や復員兵が町に戻ってきていた。煤けたビルや店舗がまばらに散在した街区に、着の身着のまま、人々は溢れ、野宿者は夥しく、物資が何もかも、圧倒的に足りなかった。

食糧難の、切羽詰まった需要を狙って焼け跡に闇市が増殖し人々は無頼をうそぶいた。水団や密造酒を求める客で立錐の余地もない、その暗がりで、危ないものが売られていた。

敗戦直後の出版はそんな闇市に似通って、カストリ雑誌が跳梁跋扈した。

名前の由来は、増量のためメチルアルコールを混入した、カストリ焼酎だ。むろん違法で、プロレタリア文学の武田麟太郎はこの酒のせいで肝硬変をおこし急逝した。三合飲めば命を落とすといわれた危険なカストリ酒にちなみ、三号で廃刊が多かった自費出版誌をカストリ雑誌とよんだのだ。

エロ・グロ中心で、ぱっと売れて、ぱっと散った。刹那にしか生きられない、当時の社会状況そのまま。ほどなく坂口安吾の『堕落論』がもてはやされる。

時代のあだ花のように言われるカストリ雑誌の代表格に「猟奇」がある。掲載された小説「H大佐夫人」に問題ありとされ、警視庁保安課から発禁処分を受け、戦後初めて、警察に摘発された出版物となった。

ところが今、「猟奇」は当時の社会状況を知る格好の資料となっている。例えばその「H大佐夫人」は戦争未亡人の末路を描いて、軍人の妻が売春に追い詰められた、戦前は想像もできない現実を反映したものだ。

そんな内容でも、印刷物が手に入るだけ奇跡のようで、戦火から解放されて活字に飢えていた人々はカストリ雑誌や、戦前の一割という紙の統制を受けながら、ほどなく復活してくる小説本を競って手に入れた。

敗戦で無になったとはいえ、日本はもともと文学的に不毛な砂漠地帯ではない。それどころか、長い伝統を誇ってきた。英国で最古の叙事詩ベイオウルフの写本が作られた十世紀より『万葉集』は二世紀先んじていたし、十一世紀初頭には王朝文学が頂点に達し、以後、中世隠者文学、江戸文学と、高峰に何度も到達してきた。

さらに和歌は千年涸れぬ水脈となり、連歌から俳諧へと分流し、裾野を潤してきた。

そんな文学の沃土を、太平洋戦争の大波が呑みこみ、さらってしまった。

酷さを、大江健三郎は回想する。

「人殺しの時代だった。永い洪水のような戦争が集団的な狂気を、人間の情念の襞ひだ、身のあらゆる隅ずみ、森、街路、空に氾濫させていた」（『芽むしり　仔撃ち』）

どんなに酷い津波でも、引いて、泥沼に雑草が芽吹くように、清新な命が復活した。

それがいかに伸張し、人気を勝ちとっていくか、それぞれの成功物語の扉を開いていこう。

汎神論的に、物が仏にみえるとき

横光利一は戦火に追われ、山形県の、妻の実家近くの山間の集落に身を寄せていた。戦争が終わったが、東京に帰る気がしなかった。戦中、軍国日本に協力した彼にとって、敗戦は空虚以外の何物でもなかった。喪失感が大きく、哲学書を読み漁るのに夢中だった。

雨あがりのある午後、散歩にでて、雲の映った水溜りを跳びこえ、跳びこえ、どこまでも歩いた。

見渡すかぎり、山また山。
彼の心に、疑念がふたたび頭をもたげた。
「汝自身を知れ」とデルフォイの神殿に銘された文字が哲学の発生なら、私らのここの山山には何があるのか。（中略）
ついに原子爆弾という天蓋垂れた下の人間の表情となって来た現在。このギリシャ以来の精神の連続と、私という人間と、どこにいったい関係があったのか（「夜の靴」『定本　横光利一全集　第十一巻』428頁）

横光はまた中国哲学を学んで孔子以降の隠者哲学にギリシャのソフィストとの近似性を見出したり、禅を思って「日本人の肉体からどんなに沢山の火花がこの禅の形で飛び散ったことか」と慨嘆したりと、思索の道を彷徨いつつ、以下の結論にたどりついた。

手で受ける半透明の海老一寸のこの長さは、焰を鎮める小仏に似て見える。何と私はこのごろ汎神論的に物が仏と映るのだろう。日本の思想はいつもここで停止して来たようだ。（前掲書、383頁）

日本の思想はいつもここで停止してきた……。

開戦前夜、彼はヨーロッパに旅し、西洋文化を、資本主義を生んだ社会を知りたいと願った。欧州での見聞を生かし、資本主義社会の成り立ちを文学表現に置き換えることを目指し、『旅愁』等を書いたが、完成しなかった。

しかしナチスをはじめ独裁政権が支配していた当時、「資本主義社会に進行していたもの」を、旅行者にすぎない彼が深部まで摑めるはずがない。

欧米作家さえ想像の及ばなかった、驚愕の現実が進行していたのだ。

海外のニューウェーブ

世界大戦の惨禍を前にして、文学の無力さを思い知ったのは、世界のモダニストも同じだ。これまで依っていた描写やストーリー等、文学を構成する要素を一新しなければならない――。「さらに次の」という意味の接頭辞、ポストを冠した、ポストモダニズムが登場してくる。

個性の時代を反映してポストモダニズムは多様で、さまざま分枝し、定義については異論が多いが、資本主義社会の多国籍にまたがる構造そのものの小説化に成功した作品がでたことは、特記すべきだろう。

終戦から五十年後、国家機密でも半世紀すぎたらオープンにするという、アメリカの情報公開法にもとづき、原子爆弾を製造したマンハッタン計画等の太平洋戦争関連文書が封印をとかれてから書かれた。

こうした「軍事の現実」が解読されて初めて、戦後社会を包括的にとらえた小説が二十一世紀前夜誕生することは後述する。

ヨーロッパを旅しただけの横光利一が、資本主義社会を把握しようにも、叶うはずがないのは当然で、闇雲な試みをした彼は異邦人として、ただ同胞を思い知るばかりだった。

――日本人の思考はいつもここで、汎神論的に物が仏にみえるところで停止してきた、と。

『存在と無』の席巻

第二次世界大戦終結後、ただちに新しい展開をみた世界文学だが、ポストモダニズムより、強烈な衝撃を日本に与えたのは、ヨーロッパで誕生した実存主義文学だった。

核兵器を現実のものとした人間性への深い不信感、虚無感に、実存主義は十二分に応える、高い文学性をもっていた。

第二次世界大戦が終結した年の一九四五年十月、フランスの哲学者・作家のサルトルが、総合雑誌『レ・タン・モデルヌ』(現代)を創刊。「実存は本質より優位である」との実存主義を提唱した。

人間が生まれてきたことには意味があるとする旧来の考えを否定し、「人間は偶然、この現実にあり、つくられていく」とする思想だ。

大量虐殺を引き起こした社会に意味などあるはずがない。戦争へ兵士として私たちが駆り出されたのは、そうすべく、社会によりつくられたからだ、という考えは世界中で圧倒的支持を受けた。

サルトルが戦中に書いた『存在と無』は終戦後、哲学書として異例のベストセラーになり、小説『嘔吐』も広く読まれた。

分厚い魚眼レンズのような眼鏡越しに、どんぐり眼を光らせた、猫背の、高校教師あがりの彼が、一躍、時の人となった。

続いて、カミュの小説『異邦人』『ペスト』が世界的名声を博し、ドイツでベケットが神とも解釈されるゴドーを待ち続ける舞台劇『ゴドーを待ちながら』で話題をさらい、実存主義は欧米を席巻した。

戦後まもなく翻訳されたそれらの本は、日本人に大きな衝撃を与え、魂を揺さぶった。


人間存在の虚無性と現象との係わりを考えたのは、むろんサルトルが初めてではない。彼自身、「現象学」を提唱したオーストリアの哲学者フッサールに学んだ。

日本文学においても、大衆を対象とした小説の始祖・井原西鶴がすでに、「その心はもと虚にして、物に応じて跡なし」と書いている。人間の心は元来、形もなく色もなく声臭もなく、空虚なものであって、外物に応じて善とも悪ともなる（『日本古典文学大系48　西鶴集』33頁）ので、人間はもともと虚無であり、外界に応じて「つくられていく」のだと西鶴は言う。

かくして人間存在の虚無性が、小説の最大のテーマとなりうることを、日本の先達は示唆してきた。

心の空虚がテーマの小説に慣れ親しんできた日本人は、現代的な形を持った実存主義文学を熱狂的に受け入れた。

西鶴が依ったのは、むろん仏教思想の、「存在と無」についての思索だ。

サルトルは事実婚のボーヴォワール女史とともに来日したとき、禅に興味を深めた。龍安寺を訪れ、世界で最も美しい庭と絶賛した。

横光利一が「日本人の肉体からどんなに沢山の火花がこの禅の形で飛び散ったことか」と慨嘆したのは、敗戦の無念からだが、だからといって禅が思想として否定されるものでは決してないことを、実存主義は示した。

実存主義文学の咀嚼は日本において早く、安部公房が『壁――S・カルマ氏の犯罪』で芥川賞を受賞し、話題となったのは昭和二十六年。玉音放送からわずか六年後だ。

海辺の砂丘の村に迷いこんだ男が、謎の女に出会い虜となる。砂をかきだし続けるだけの生活に閉じこめられた二人。安部の代表作『砂の女』は世界的評価を受けてフランスで一九六七年度最優秀外国語文学賞を受賞し、二十数ヶ国語に翻訳された。

日本文学が敗戦により無になりながら、早々と世界水準に追いついたのは、戦後の経済復興の予想外の成功と同根の、蓄積された実力の証しだろう。

鳴り響く号砲

世界文学はすでに新しい段階に入った。

行く手に光が見える。敗戦の、この暗いトンネルから一刻も早く出たい――。

そう熱望した作家志望者の多くが、まず試みたのが、同人雑誌だった。

明治期の投書から一歩、二歩と進んで、大正期に本格化した同人雑誌は、戦前、四〇〇冊（『文学者』第十号、93頁）にのぼったという。戦中はそれどころではなく、尾崎士郎が「文芸日本」をかろうじて維持した程度だったが、敗戦の二年後、日本の同人誌を代表した東京大学系「新思潮」が再開。日本の近代文学を牽引してきたこの誌は、連合国軍総司令部（ＧＨＱ）からの後押しを得て、日本の文芸振興を期待された。

そんな戦後「新思潮」には、三浦朱門や有吉佐和子ら、戦後らしい活躍をする異色作家が参加した。とりわけ目を引くのが、雑誌の巻頭記事を書くいわゆるトップ屋から流行作家になった梶山季之だ。隆盛していく産業界と、がっぷり四つに組んで、流行作家の代名詞のように囃された彼を、若き日、鍛えたのは最高学府だった。

他にも戦後初の芥川賞候補となった藤枝静男「近代文学」、後に芸術院賞を『一葉の日記』で受けた和田芳恵「日本小説」等々、続々、雑誌が創刊された。用紙が足りず、薄い冊子しかできなかったが、内容は本格派を目指した。

中央公論社の逆転・返り咲き

改造社「改造」と中央公論社「中央公論」は終戦後すぐ再開できた。戦争中は軍部に弾圧され、死者が出たほど酷い目にあった、その両者がまず復活したことから、連合国軍総司令部が日本のメディアに、軍国主義の払拭及び民主主義の喧伝を求めたことが理解される。

横浜事件がおきたのは昭和十七年一月十九日。二年後にマリアナ沖海戦で日本海軍は空母や航空機を多数失い、七月にはサイパン島で三万人が玉砕など、戦況は深刻をきわめ、奈落へ転がり落ちていった。

中央公論社、改造社は、そんな暗黒時代の、言論弾圧の象徴だったが、戦後は急転、占領軍より、民主主義の旗手として白羽の矢がたった。

逆に、不利な立場に追いやられたのが、先述した講談社、文藝春秋社だった。

軍国日本に早くから協力的だった講談社は最も厳しく糾弾された。その間の事情を、講談社に長年勤務した編集者が正直に記録している。


敗戦直後、アメリカCIEの次長バーコフは戦争協力雑誌として「講談倶楽部を〈ワーストマガジン〉と指弾した。「オール読物」や「新青年」等が復刊し、雨後の筍のように新読物雑誌が続々と誕生してきたというのに、「講談倶楽部」は昭和二十一年の二月号で休刊した。（大村彦次郎『文壇挽歌物語』３２３頁）

吉川英治や江戸川乱歩が健筆をふるい、戦前、三十万部のセールスを常にあげた講談社の看板雑誌が占領軍には睨まれたのだ。

出版各社が戦中にとった態度で、終戦後、形勢は逆転した。

改造社と中央公論社についで他社も順次再開したとはいえ、用紙がいまだ充分でなく、印刷工場は稼動せず、看板雑誌だけ欠号なく出すのに青息吐息。

音羽御殿が焼け跡にそびえたつばかりの講談社と、芥川賞・直木賞をもつ文藝春秋社という両雄が翼をもがれたままでは、出版界は、太陽と月がないようなもので、昼と夜が巡る日々の運行が進まない。

戦前の花形作家たちも、そんな状況に飽き足りず、動きだした。

戦争という高い壁が壊れたというのに、活躍の場がない。それなら、自分たちで作ればいいのだ。

占領下の「国際女性」

谷崎潤一郎は敗戦の翌年の昭和二十一年、雑誌「国際女性」創刊に協力し、顧問になった。出版物は、ＧＨＱに内容を報告し、お気に召さなければ、流通させてもらえなかった。その辺りの事情が、「国際女性」という、戦中ではありえないタイトルにうかがえる。

後に日本人で初めてアメリカ文学芸術アカデミーの名誉会員となった谷崎潤一郎でさえ、占領下は何もかも不如意で、ＧＨＱの顔色をうかがいながら、発表の場を自ら作らねばならなかったのだ。

「国際女性」には、谷崎と親交が深かった『広辞苑』の編纂者・新村出が協力した。武者小路実篤も随想を寄せており、豪華な顔ぶれだ。戦後初の流行作家ともてはやされた織田作之助の「四つの手記」が連載されたが、彼の死で未完となった。

敗戦の翌年のこの年に、二百誌近い文芸誌が世にでたという報告があるが、「国際女性」のように私的なものがほとんどだった。

しかしその零細な場ですら、物資不足で継続が難しく、「国際女性」も七号で打ち切りとなった。紙不足のためという。

もっとも谷崎自身、連載再開した『細雪』完成にむけ、他事にかまけている余裕がなかった。『細雪』は谷崎が生涯に手がけた作品中、最大の長編で、三人姉妹のドラマを横糸に、彼独自の美意識を縦糸に、錦のように豪華に織りあげた。さらりと読ませ、素人にも分かる易しいものにみえるが、移りかわる視点といい、時間性といい、『源氏物語』を現代語訳し研究しつくした果ての、技巧をこらしたものだ。

太平洋戦争が燃え盛る、昭和十八年の「中央公論」新年号と三月号、二回掲載され好評を博した。戦中に女性風俗など問題視されるのではと、ためらう谷崎の背中を押した中央公論社社長・嶋中雄作の決断は正しかった。しかし作者の不安は的中し、時局にあわないとして軍部に中断させられた。

谷崎は、東京・下町に生まれた江戸っ子ながら、関東大震災を機に関西に移住し、王朝文学、西鶴や近松を学んだ。大阪の豪商の妻・松子との、既婚者同士の恋愛は有名だが、松子の姉妹たちの華やかながら、愛の報われぬ生き方を題材とした『細雪』は、谷崎の後半生を賭けた作品であった。しかし戦争により、書き盛りの貴重な時間を奪われてしまった。

敗戦直後、『細雪』は同じく中央公論社の「婦人公論」に場を変え、再開された。「国際女性」の顧問となった翌二十二年の秋、執筆の合間を縫って谷崎は、志賀直哉や歌人・吉井勇らを誘って大阪と京都の境の、男山に清遊した。豪華な顔ぶれが目をひいたか、写真付きで報道した新聞記事が残る（夕刊新大阪、昭和二十二年十月二十日）。

谷崎は翌年も同じ場所、同じメンバーで、松花堂サロンという会をひらいた。定例化したのは、この男山東麓に吉井勇の仮寓があったからだろう。「宝青庵」と名づけられた寺の一庵で、「冬迫ると共に一室に爐をひらき、酒をあたためて憂いをやるにふさわしい所」（『吉井勇のうた』253頁）だった。

侘びた草庵に集い、不如意を励ましあった谷崎潤一郎や志賀直哉。作家は孤独を好む生き物だが、敗戦で無に帰したこの時期、互いに協力しあう姿が目につく。

宇治川、木津川、桂川は、野の狭まる男山周辺で、大阪平野を抜ける淀川本流に束ねられる。雄大な三川合流地を眺め渡せる、風光明媚なこの地を谷崎は愛し、戦前には「蘆刈」の舞台としていた。

東京生まれの谷崎が初めて関西を訪れたのは明治四十五年春、二十六歳のときだった。見聞記「朱雀日記」を「東京日日新聞」に連載したが、タイトルから分かるとおり、その内容は京都についてだ。関西が気に入った彼は、後に関東大震災で被災したとき、京都に家を借りた。京都在住の上田敏、新村出ら蹟学と親交を結び、日本語を深く学んだ後、谷崎はまた京都を離れ……と、関東・関西を自在に行き来した。

開戦前夜、メディアが連日アジア救済の聖戦を煽っていたときも、彼はふらりと来阪した。戦争が近い、もう避けられない運命と分かりながら、三川合流地点を眺めた彼の胸に、どんな想いが去来しただろう。

王朝文化の残光をしのぶ「蘆刈」の女主人公は大阪の女性だ。『細雪』のモデルとなった松子夫人を彷彿させる。

滅びゆく日本美の象徴として、谷崎が京都ではなく、大阪の女性を選んだのは、果たして偶然だろうか。

上方文化をはぐくんだ商都大阪の中でも、とりわけ豊かな、船場の美的世界が崩壊していく姿をとらえた『細雪』の構想は戦前練られたものだが、谷崎は関東大震災以後、東京を出て関西各地を転々とし、それぞれに住まう人々の気質の違いを熟知していた。

滅びの美を描く舞台にふさわしいのは、伝統を頑なに守る京都ではない……彼はそう見抜いていたのだろう。

今ある世を描きながら、思いがけない次の時代へ足を踏みいれていく、作家らしい予感力を感じずにいられない。

船場の文化はいずれ滅びる、という作家的予感は、酷い形で的中した。空襲により大阪の町が壊滅したからだ。川沿いに建ち並んだ大店、紅灯を映す天神川沿いの色町、千四百年の風雪をしのいだ寺院の伽藍……炎に包まれ、消え去った。

現世はかくも脆い。それに比して、芸術の永遠性はどうだ。日本美は文学の中で生き、輝きを放ち続けている。自分が命を賭けるべきものは、他にない――。

谷崎は戦争により中断させられた執筆への情熱を、猛烈にかきたてられた。彼を励まし続けた嶋中社長率いる中央公論社は、他社より優位に事業を再開していた。

連載が再開された『細雪』が単行本として刊行されると、たちまち版を重ねて、ベストセラー・リストの頂点に躍り出た。

第九章　夜に消えた人

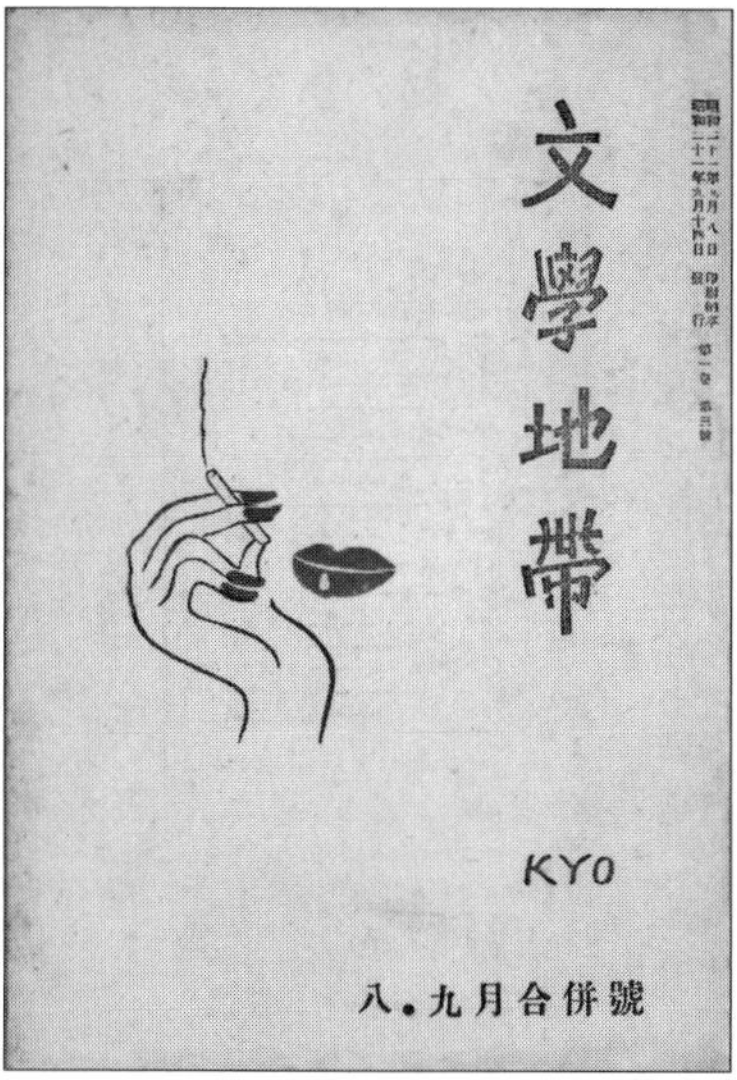

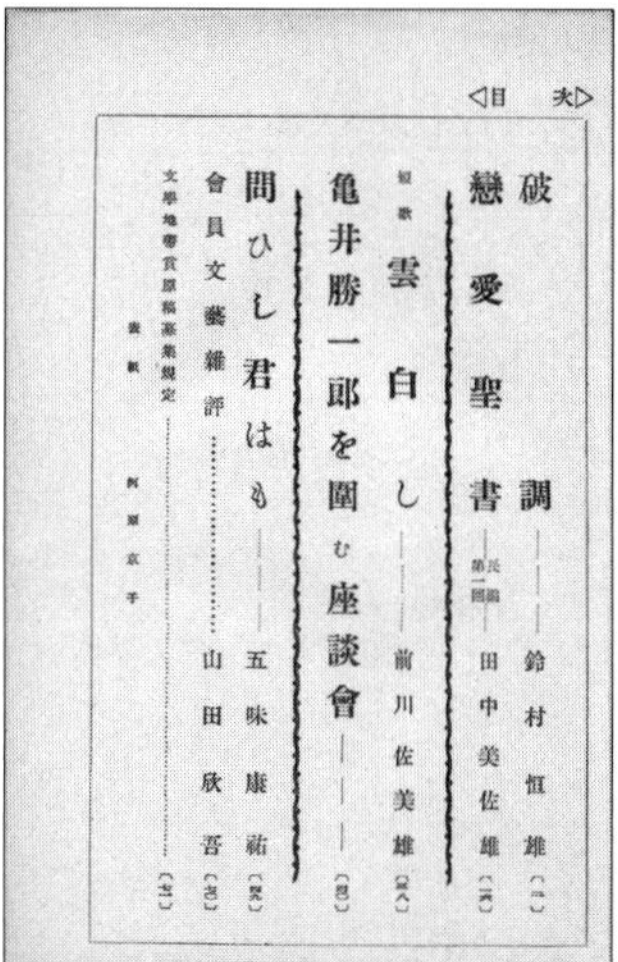
目次

破調……鈴村恒雄

戀愛聖書（長篇 第一回）……田中美佐雄

短歌 雲白し……前川佐美雄

亀井勝一郎を圍む座談會

問ひし君はも……五味康祐

會員文藝雜評……山田欣吾

文學地帶貢原稿募集規定

表紙……阿瀬京子

文學地帶・第四號

同人雑誌「文学地帯」
表紙（上　昭和21年8・9月合併号）と
目次（右　昭和21年12月号）
12月号には五味康祐の未発表短編、亀井勝一郎を囲む座談会等を掲載

「噂」の真相

原稿を出版社に運ぶため、ヘリコプターが飛んだという武勇伝が残る。流行作家の代名詞の梶山季之だが、敗戦時は郷里の広島にいて、原民喜の自殺に涙する純朴な文学青年だった。

みかけも経歴も、地味だ。戦前の、若くして成功をえた谷崎潤一郎や川端康成ら、学閥のあるエリートとは異なる。経済成長の時代だからこそ、生まれたスター。

横浜で国語教師をしながら同人雑誌に参加、新潮同人雑誌推薦作品に選ばれ、新潮社との縁ができた。

運命の歯車が大きく動きだした。

世相の変化は目まぐるしく、月刊では追いつけない。昭和三十一年、「週刊新潮」が創刊され、翌年「週刊文春」、四年後「週刊現代」と出版社系週刊誌が相次いで、各誌、売上げを伸ばした。

それまでと、どう違いをつけていくか。先行していた新聞社系週刊誌は記者が記事を書いていたが、出版社系はライターが担当する。ルポルタージュを得意とした梶山季之はたちまち頭角をあらわし、巻頭記事をになうトップ屋として名を馳せ、小説に進出した。

新風俗、新産業が題材なら、旬が命だ。

取材に奔走し、経済・産業界の人脈をつかみ、成長産業の内幕を暴いて、時の人となった。光文社のカッパノベルスから刊行されベストセラーとなった『黒の試走車』は、マイカー時代の自動車産業をえがくいわゆる流行小説ながら、今、岩波現代文庫に収録されている。

次々復興した東京の出版社は、戦後、めまぐるしく変わっていく社会を逃さずとらえたからこそ、それぞれの負を克服し、戦前以上に勢いづいた。そのアイコンへの道へ、梶山季之は猛ダッシュした。

企業の熾烈な競争をえがく産業スパイ小説、企業人伝記などを量産し、昭和四十四年、文壇長者番付一位を獲得。売れっ子になっても、黒縁メガネで、第一ボタンをはずしたシャツ姿のまま。文学青年の面影を残していた。

事実、高速回転する現実と梶山の内面は食い違っていったのだろう。過激なポルノ小説で起訴されたりしながら、不眠不休で月千枚以上執筆する異常な生活は十年しか続かず、取材先の香港で吐血。静脈瘤破裂で、四十五年という短い命を終えた。

ひととき輝き、消えていく、流れ星のように……。

文学賞には縁遠かった。「流行作家」の称号の虚しさを、誰より思い知らされた作家人生だったかもしれない。

作家の新しい生き方をしめした彼とて、売れなくても残しておきたい文章、伝えたい真実があったのだろう。

若き日の同人雑誌に回帰するかのように、自らスポンサーになって雑誌「噂」を主宰した。結核に苦しみながら四年間続けたが、終刊直後に急逝……。

その「噂」に、私の亡父が、同人雑誌時代の思い出を寄稿している。梶山季之と同じような、戦後のソーシャルクライマーの夢についてだ。

危険な賭け

戦後、京都に住みついて、ブラブラしている頃、こんどは自分で雑誌をやってやれと一人前に背伸びして『文学地帯』というのをはじめた。

ちょうど創刊号を出した頃、五味康祐が、南支から復員してきて、雑誌をみた、あんな下らんものはやめておけといって、たずねてきた。（五味康祐は「文学地帯」三号から編集長　著者注）創刊号が五百部、二号が八百部、三号が千部と部数が伸びていって、雑誌を書店や駅の売店へ、自分たちで配りに行くと、何しろ本のない頃だったから、実によく売れて、つまらぬ同人雑誌が返品率ゼロという稀有の成績を上げることが出来た。

定価が、三号で二円五十銭くらいだったろう。ところが全部売れて、なおかつ赤字であった。というのは、後からつきつけられた印刷屋の請求書をみてみると、雑誌の定価総額を上回っていたからである（八ガケで書店に卸していた）。

いくらインフレ昂進期とはいえ、あまりにうかつであって、印刷代の借金がかさみ、とうとう夜逃げして行方をくらます結果を招いた」（「噂」一九七二年六月号、8頁）

失敗談を面白おかしく書いているが、出版社を作って小説と詩、複数の同人雑誌を出したのだから、赤字は一気に膨らんだ。

「文学地帯」には『雨月物語』等溝口健二監督の脚本で知られる依田義賢、川端康成『古都』に協力した真下五一、毎日出版文化賞を受けた詩人・天野忠らが参加した。彼らのその後の活躍を思うと、存在意義はあったのだろう。だが、この無茶な背伸びで父の抱えた借金は重く、リュウマチで寝たきりだった祖母は家を失い、四畳半一間の貸間へ追いやられた。巻き込まれる家族は並大抵でない。

ゼロからの飛翔——終戦から五年

後に京都大学助教授となる中国文学の碩学・高橋和巳でさえ、同人雑誌「ヴァイキング」に参加して腕を磨き、第一回文藝賞を受賞した。

公募が途絶えた敗戦直後、多くの書き手たちが、世に出たきっかけは同人雑誌だった。この時期、危険をかえりみず同人雑誌が試みられたのは、こうした事情による。

他に、方法がなかったのだ。

同人雑誌をだし、戦前の一割の発行部数しかない総合雑誌や文芸誌編集者の目にとまり、文学賞に推される——。

そんな細い針の穴を通りぬける他に、デビューの機会はなかった。

しかし同人雑誌は、荒波に翻弄される船で、板子一枚下は地獄、夜逃げや一家離散が待ち構えていた。

それでも取り組む値打ちがあることを、芥川賞・直木賞受賞者は示した。恵まれない書き手の胸に夢が膨らんだのも無理はない。

——自分もいつか必ず……。

「書きたい」「世に出たい」という情熱は、たとえ破産しようとも、抑えようがない。

希望を抱かずにいられない。やっと、自由を得たのだから。

玉音放送の二ヶ月後、出版活動の自由が認められ、統制が解除された。大手がいまだ社業を復旧できずにいた隙にと、にわかに活気づき、出版の起業がさかんになった。三年後の昭和二十三年、新興出版社の数は四五八一社を数えたというから、大変な急増ぶりだ（日本書籍協会、日本雑誌協会・創立五十周年記念・年史）。

しかし半分以上が三年以内に潰れた。終戦の翌年に商事会社として事業を再開し、本の流通を担っていた日配（日本出版配給株式会社）が昭和二十四年に閉鎖期間指定を受けて活動を停止した。相当数の出版社がこのあおりを受けて倒産した。昭和二十六年には一八八一社に激減したというから、戦後社会の混乱ぶり、淘汰の厳しさを教えている。

二七〇〇を数える、どの倒産にも、住まいを追われた私の祖母のような、家族の悲嘆があっただろう。

亡父は開戦前、大阪の区役所に勤めていたが、十代から作家志望で、新人の小説を公募していた「文芸首都」に応募し入選した。

「文芸首都」は読売新聞社や博文館に勤めた作家・保高徳蔵が新人育成を目指して昭和八年に創刊した文芸誌で、昭和四十五年まで三十七年間続いた。スポンサーはなく、保高徳蔵の志だけで支えられた事業ながら、北杜夫、中上健次、林京子ら、芥川賞作家を輩出。開戦前、文学を志す無名の新人が研鑽できる場はこれのみと言って過言でなかった。

その「文芸首都」に入選したことで父は自信を付け、役所に勤めながら習作を続けるうち、太平洋戦争の勃発で応召。広島の第二総軍司令部に暗号手として配属され、原爆に遭遇した。惨禍を己が眼に焼き付け、父は人生観が根底から変わってしまった。

応召前のまっとうな生活を捨て、以後、どんなに貧乏をしても職につかず、十代からの夢だった小説に賭けた。

原爆症で、明日死ぬかもしれない。小説で、夢を追って、何がいけないのか。

被爆しなかったら、あれほどまでに、書くことを求めなかっただろう。

出版に夢をえがき手痛い失敗をした多くの人たちも、似たような戦争体験があっただろう。

火車にのって、芥川賞へ

編集長をつとめた五味康祐は近年、赤穂浪士を剣の妙手の視点からとらえなおした『薄桜記』

が舞台化され話題になった。

大阪出身で、生家は劇場を経営し裕福だったが、空襲で焼失した。良家出身らしい鷹揚さと笑顔で人を惹きつけ、コネを摑むのが巧かった。

同人雑誌「文学地帯」を「つまらぬからやめておけ」などと言っておきながら、乗り込んできて、評論家の亀井勝一郎を招いて座談会をひらくなど、意気盛んだった。

しかし赤字は膨む一方。同人たちに動揺が走った。昭和二十一年暮れの「文学地帯」新年号（昭和二十一年十二月発行　日本近代文学館所蔵）消息欄に、五味康祐氏「忽然と行方不明」と記される。連載中の現代小説「問いし君はも」を中断したまま——。

風の便りで、亀井勝一郎を頼り出奔して、三鷹に間借りしていると分かった。しかし執筆も生活もうまくいかず薬物に手をだし、亀井勝一郎に見放され、また関西へ舞い戻った。

夢捨てきれず、再び着の身着のまま上京。その幽鬼のごとき姿を、『火宅の人』の壇一雄は忘れ難い思い出として書いている。

「生活の逼迫などと云ふ生やさしいもんじゃない」（「五味君の人と文学」「新潮」昭和三十一年七月号）。

年末、寒さに震えながら神保町のレコード店の前で流れてくる音楽に涙していたら、店主が見かね、新潮社の斎藤十一を紹介してくれた。「新潮」や「週刊新潮」を牛耳り鬼編集長と畏怖された斎藤は、五味の小説を突っ返したが、社外校正の仕事をくれ、何とか飢死せずにすんだ。

わずかな収入で小説を書き続け、五年後の昭和三十一年、三十一歳で、「新潮」の「全国同人雑誌推薦小説特集」に『喪神』が掲載された。新潮社の小説公募は、同人雑誌推薦という対象を絞った形で、昭和二十九年に始まっていたのだ。

翌年、『喪神』は芥川賞を受賞した。

細い蜘蛛の糸を、五味康祐はしっかり摑みとり、大舞台によじのぼった。

名伯楽たち

「新潮」の斎藤十一編集長は、芥川賞という純文学の賞を獲って夢心地の五味に、寝耳に水の話をもちかけた。時代小説を書け、というのだ。

『清らかさを私は信じる』(伊東静雄作)と詩から小説のタイトルを取るほど、詩歌や音楽に傾倒していた五味は悩んだ。斎藤の出した条件は破格で、経済的に追い詰められていた五味は一年の逡巡の後、助言を受け入れて時代小説に転向した。

経済が上向き貿易為替自由化の方針が決定した昭和三十五年、「週刊新潮」は五味康祐『柳生武芸帳』、柴田練三郎『眠狂四郎無頼控』を同時掲載し、剣豪小説ブームをまきおこした。

新潮社の成功があったからこそ、出版社系週刊誌が次々、続いたのだ。

昭和初期の円本ブーム以来の、小説熱の大波がうねった。

辣腕の斎藤十一は、芥川賞候補作家の立原正秋に風俗小説『鎌倉夫人』を書かせ、詩情派の吉村昭にルポ「『戦艦武蔵』取材日記」の小説化を勧めて記録文学というジャンルに進ませた。

純文学作家を、次々、ジャーナリズムの要請に応じる方向へ転換させた。文学的良質さを保つ、絶妙なバランスで。

しかし斎藤は伊藤整に「剃刀のよう」(大村彦次郎『文壇挽歌物語』121頁)と評されたほど狷介で滅多に人に会わず、たまに接すると書き手の行く末を見透かしたような、厳しい言葉を放った。

瀬戸内晴美は「女子大生・曲愛鈴」が同人誌「Z」の推薦を受け、新潮同人雑誌賞を受けてデビューした。ところが「新潮」に掲載された次作「花芯」がポルノまがいだと、毎日新聞の文芸時評で平野謙に酷評され、「文學界」に匿名批判がのり、と、バッシングを受けた彼女が血相を変えて駆け込んだのが、やはり斎藤十一の部屋だった。

しかし斎藤は冷たく、彼女を拒否した。

瀬戸内は以後五年間、あらゆる文芸誌から締め出され、「あなたはもう駄目」と言われ続けた。


娯楽への転向でなく、独自の文学へとすすませた編集者として名高いのは、坂本一亀だ。アカデミー賞作曲賞やグラミー賞等を受賞した音楽家・坂本龍一の父として名が通るが、息子に負けず劣らずの活躍ぶりながらあくまで裏方のまま、戦後文芸に芳醇な実りをもたらした。

昭和二十二年に河出書房に入社。三島由紀夫の初の書き下ろし長編『仮面の告白』を担当し、文豪の道へみちびいた。

三島由紀夫と河出書房の縁は深く、十六歳で同人雑誌『文芸文化』に掲載された短編集『花ざかりの森』が七丈書院(一部が現・筑摩書房)から出版され、天才と騒がれながらも、戦中、文芸出版が途絶同様だったとき、唯一、河出書房の「文藝」が三島の短編を掲載した。戦争が終わると、すぐさま三島に接触。坂本一亀は『仮面の告白』刊行に成功した。

二十代とは思えぬ読み巧者で、「人民文学」に寄稿していた書き手の中から野間宏を選び、書き下ろし長編『真空地帯』の完成を支えた。

理想主義で感激屋だった。かつて愛国主義に心酔して従軍したが、軍に絶望し、深い後悔を抱いたから、軍隊生活の醜悪をあますところなく捉えた野間の『真空地帯』に協力したのだ。出版され、ベストセラーになったとき、一亀は感激のあまり涙したという。

こんな人情家だから、よく怒鳴りつける癇癪もちにもかかわらず、みなに「一亀さん」、と親しまれた。

昭和三十年代、私の家には文藝春秋、新潮社、講談社等から頻繁に連絡があったが、坂本氏はとりわけ熱心だった印象がある。新幹線のない時代に、遠路ながら来訪して、話し込んでいった。彼が帰ると、両親は顔色を変えて、書き直しにとりかかっていた。

文学に明確な理想がある、と言われた彼のアドバイスは「売りやすいように」ではなく、芸術性を深化させる方向へ持っていくためだった。

「寸暇を惜しんで同人雑誌を読みふけり、作家の卵たちを集めて、毎月「文藝」新人の会を開き、意見交換をおこなっていた」（田邊園子『伝説の編集者　坂本一亀とその時代』10頁）

彼が努力を尽くしていたからこそ、みな、彼の意見に納得して、応えたのだろう。

具眼で、丸谷才一、辻邦生、山崎正和、黒井千次、井上光晴らを、無名時代から起用した。

最長の伝統をもつ新潮社、スター養成所の文藝春秋社。両雄にたった一人で挑み異質の流れを作った坂本一亀は、「伝説の編集者」と語りつがれる。

命を吹き込むもの

終戦直後の、昭和二十年から二十五年にかけて盛んに試みられた同人雑誌に今、目を通すと、文体に類似性があるのに気づく。

若き書き手の憧れだった谷崎潤一郎に、この時代の文章の成り立ちを聞こう。

彼は文章修業について、自伝『幼少時代』で打ち明けている。十代に明治文学を乱読した。幸田露伴について、上田秋成『雨月物語』の枯淡に比べて華やかすぎる嫌いはあるものの、国文、漢文、仏典の語彙を縦横に駆使しつつ和漢混交文の美の絶頂に達している、と絶賛している。

しかし写生を重んじる自然主義が流行し、二葉亭四迷の言文一致体による翻訳小説が読者に受け入れられ、といった書き言葉の変遷を考慮すると、耽美派の谷崎でさえ、美の過剰は気になったらしく「詞章を修飾することに多くの力を費やしたのを無駄な努力であったようにいう人もいる」と付け加えるのを忘れない。

後に続いた書き手たちも、類似の過去を持ちながら、そこから抜け出して、独自の文体をつかめたか否かが、活躍の決め手になったのだろう。

小説を成立させる、文体、テーマ、ストーリーのうち、やはりまず文体の新しさが、第一にくるようだ。

文体は、どこか女性の肌に似ている。肌の美しさが女の魅力の源であるように、文体そのものが、読む者の心を奪ってしまう。

戦後にふさわしい文体とは何か。誰もが、まず考えた課題だった。

とはいえ肌は一瞬の華にすぎず、飽きられやすく棄てられやすい。

肉体と精神がわかちがたく溶けあうように、小説は文体、テーマ、ストーリーの有機体だ。

文体を体得すれば、テーマは当時、いくらでもあった。長く理不尽な戦争をへて、語りたいことが、たくさんあった。

新聞紙法（明治四十二年施行）により、時事に関する事項掲載の有無を内務省に届け出るよう定められていたが、新聞、総合雑誌だけでなく、小説も、暗黙の了解で、この枷をかけられていたのかもしれない。

小説は政治に触れない。見えない檻に閉じ込められたような観があった。

戦後、その檻はなくなった。何を書いても、自由なのだ。

世界大戦と原爆投下を経て、あらゆる存在は不確か。意識を根底から変えざるをえない、未知の時代がきた。

しかしまず直面したのは、底知れぬ虚無……。

——散々に敗れたのは、日本の精神が否定されるべきものだからか。否、欧米の技術に破れたのだ。それなら、それを生み出した欧米の精神とは何か。かの文学は、今、どんな状況にあるのか。

風の便りで、サルトルの実存主義の人気が伝わっていた。でも原書が手に入らない——。無謀な戦争へ突き進んだ大和魂をいっそ否定したい、でも代わりとなるほどの思想を海外に求めても、渡航できず、浅い知識しか得られない。おかげで尖鋭的作品を試みた場合、脆弱になりがちだった。

例えば昭和二十七年に芥川賞候補になった小田仁二郎は実存主義が翻訳される以前から前衛作品を試みていたが、「筋らしい筋」がない弱さがでて、後の安部公房ほどの表現と意図の一致はみていない。いっぽう野間宏は、「現代の錯乱に近い複雑な人間を創るためには、これを外からだけでなく内側からもとらえてゆかねばならぬ」(『真空地帯　上』２３８頁)として、肉体と心理がからみあい流れいく文体が注目された。

こうした前衛的手法や実験的文体だけが新しさを生むのではないのが、小説の面白いところ。新聞記者・福田定一が創刊に尽力した同人雑誌は「近代説話」といい、小説誌とは思えないタイトルだ。司馬遼太郎という筆名で彼が講談倶楽部賞を受賞したとき、「小説という形態を説話の原型まで還元してみせる」と受賞の言葉に書いて、意図を説明した。

前衛、実験、説話への回帰……。

終戦直後、同人雑誌活動をした新人たちは、多様なアプローチを模索し、それぞれ現代的な個性を打ち出しつつあった。

高すぎる壁の登り方

しかし看板雑誌を出版するだけで青息吐息の大手出版社は、ビッグネーム以外、目もくれない。太平洋戦争終結直後に出版された「文藝春秋」の目次を一瞥しよう。佐藤春夫、島木健作、高浜虚子、斉藤茂吉……錚々たるメンバーをそろえ、新人をまったく寄せつけない。売上げは号を重ねるたび回復して、敗戦の三年後、昭和二十三年には八万部に達した。出版がいよいよ復興すると、誰もが予感した。

芥川賞、直木賞はその翌年の昭和二十四年に再開され、無名の書き手は夢が膨らんだ。しかし新潮社が先述した新潮同人雑誌賞を設けたのは昭和二十九年。

講談倶楽部賞を設けていた講談社の「講談」はＧＨＱの指弾により刊行を止められ、再出発したのは昭和三十二年。河出書房はさらに五年遅れ、坂本一亀が「文藝」編集長となった昭和三十七年に「文藝賞」を創設した。

終戦から昭和二十五年頃の復興初期は、三号で命を落とす危険をはらむ同人雑誌をする以外、やはり道はなかったのだ。

そして次々失敗した。

意欲ある若者が借金に押し潰される状況を見かね、手を差し伸べた人物がいた。

丹羽文雄だ。

敗戦の五年後の昭和二十五年、同人雑誌「文学者」を創刊し、パトロンとなった。月刊で、海外文学研究、小説創作、評論、詩と文芸全般をあつかった。さらに勉強会を、自宅を開放して定期開催した。文学学校と呼びうる場で、吉村昭、津村節子、河野多恵子、立原正秋、瀬戸内晴美ら大物がここで学び、巣立った。

丹羽ひとりの志による、という点では保高徳蔵の「文芸首都」と共通するが、「文学者」は海外文学の専門家を招き、挿絵は一流画家の風間完が筆をふるいと、商業文芸誌に遜色なかった。

丹羽文雄という、一人の作家の支えによるとは思えぬ力強さで、戦後文学の隆盛に貢献した。学閥は一切無縁、文学を目指すという意思さえあれば、誰でも参加自由という、戦時下を思えば、まさに夢物語だった。

第十章　カフェ文壇

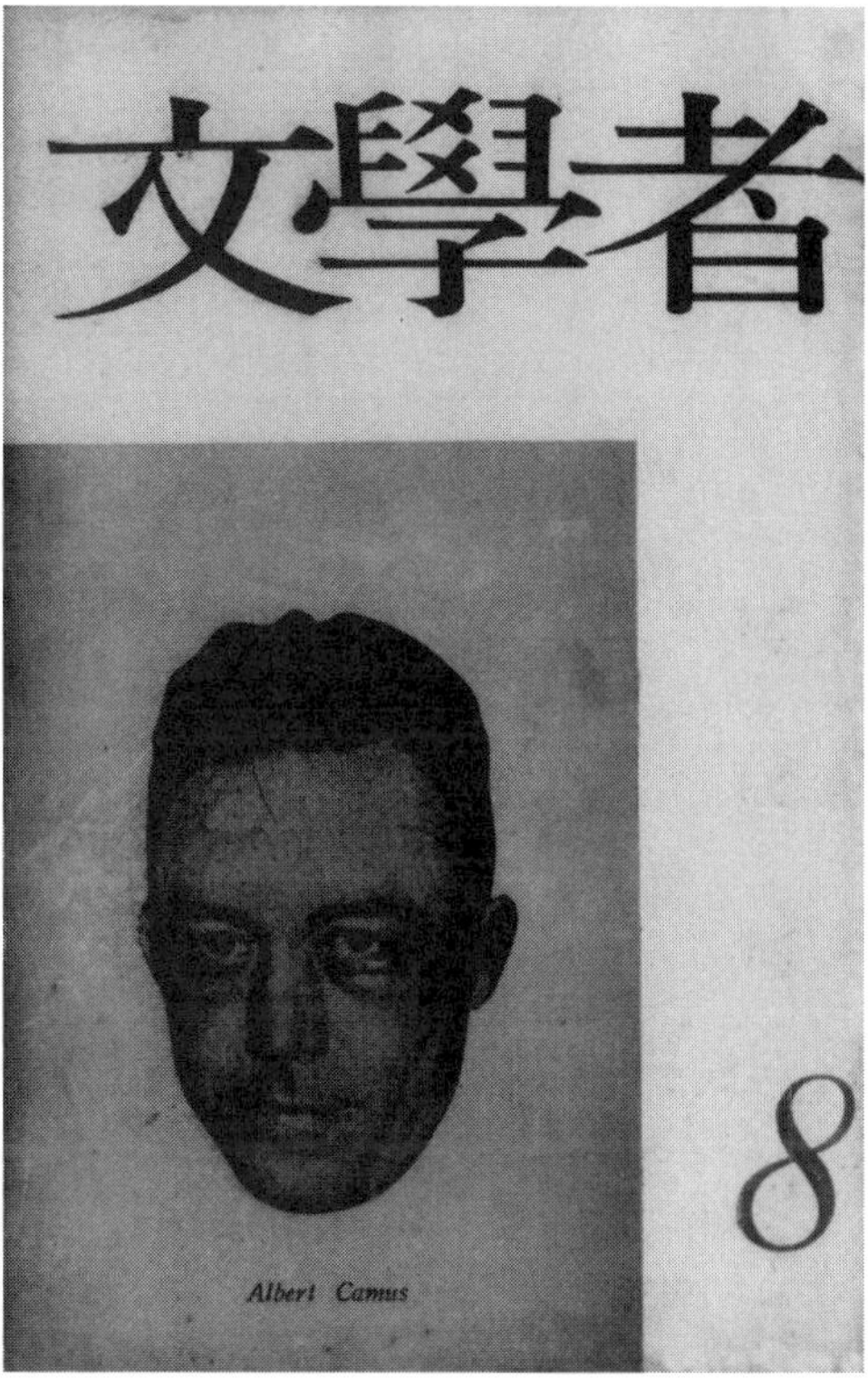

「文学者」 8号（昭和26年2月）
『異邦人』邦訳が話題になる前にカミュを紹介している
（日本近代文学館所蔵）

駒場の木立のむこう

通りすぎた渋谷駅の混雑が嘘のような、静かな神泉駅をでて、西へ向かった。週日の午前九時。道をいく人はすくない。

井の頭線で日本近代文学館に行くには駒場東大前駅が最寄りだが、一駅前でおりて遠回りしたのは、坂を歩いて、周辺が駒場野と呼ばれた狩猟地だった昔日を、しのびたかったからだ。

丘稜に沿って右へいったり、左へ曲がったり、気まぐれに道の通じた住宅街を抜けると、駒場公園の森がある。鬱蒼として、樹下は洞窟めいている。入口の東門を入るとすぐ、くすんだ白い建物が見える。日本近代文学館だ。近代文学の資料収集では国内最大規模を誇るとは思えない、ひっそりした雰囲気。創設より半世紀を経て、もはや木立に紛れそうだ。

しかし作家たちの書簡や遺品、歴代芥川賞受賞作の原稿、図書など、収蔵品の質と量は抜きんでている。大学図書館等、どこに問いあわせても「所蔵していません」と素っ気なかった丹羽文雄主宰の「文学者」をここは持っていて、私は驚くとともに、心から嬉しかった。

大学や公立の図書館に「文学者」がないと知ったとき、七十年という歳月の遠さを思い知らされた気がしていた。あれだけの熱意を持ってなされた戦後同人雑誌の頂点が、時代の流れに埋もれてしまっている……。人の営みの虚しさを感じていたため、日本近代文学館での収蔵を確認してすぐに、訪れることにした。

公園の緑に包まれた建物は壁の縦格子が、横長の二階建てビルを一層に見せて、威圧感がない。道をはさんで向かいあうのは、加賀・前田家旧邸で、長い木塀に囲まれた和風建築が、文学館の落ち着いたたたずまいと調和している。

都心にいまだ残る、時の流れが止まったような風情のこの一画に立つと、過去と現代をつなぐものを、探しだせる気がする。

期待をふくらませ、扉をひらき、中へ入った。ロビーも受付も静かだ。右手奥にある閲覧室もひっそりしている。かすかな話し声が、左手のカフェから流れてくる。

受付で、三つ折りの案内リーフレットを手渡される。

表紙に、「日本全国で当館のみ所蔵のタイトルが多数」と謳うのも当然で、カストリ雑誌「猟奇」も、谷崎潤一郎「国際女性」もある。「文学者」にいたっては、全巻所蔵していた。

穏やかな雰囲気の女性司書に申し出て、「文学者」を書庫から出してもらった。まず創刊号から二十巻分。

昭和二十五年七月五日発行、第一号の表紙はドス・パソス。『マンハッタン・トランスファー』で「意識の流れ」という技法を成功させ、太平洋戦争前後に活躍したアメリカ人作家だ。

この一巻で、分かる気がした。出版が自由になったとはいえ、GHQの検閲があり、アメリカ文化を紹介する活動が優先された時期だということを。

以後、表紙は毎号、内外の有名作家の顔写真で、その作家の解説が巻末にある。

創刊の翌年、昭和二十六年二月はカミュ。『異邦人』が翻訳出版された年だ。

それに先んじて、「文学者」がカミュを取り上げているのは、驚きだった。

出版界の動きに、「文学者」は即応していたのだ。丹羽文雄をいただく編集部は、「『ペスト』の次の翻訳も進んでいる」という業界の内部情報を摑んでいたのだろう。こういった点が、他の素人同人雑誌との圧倒的な違いだ。

文学を学びたくても機会のなかった人々にとって、こうした最新情報はどれほど貴重だっただろう。

時宜に適った企画と編集ぶりに、あらためて敬服し、私はページをくった。

欧米の文学状況を、ドナルド・キーンを招いて質疑応答した号もある。コロンビア大学で日本文学、日本思想史を学んだ彼は太平洋戦争開戦により米軍の情報士官として通訳をつとめ、終戦後はハーバード大学や京都大学で日本文学研究を続け、谷崎潤一郎や三島由紀夫の友人であった。中央公論社の嶋中鵬二との生涯にわたる親交も知られる。

そんなキーンの「文学者」への協力ぶりに、アメリカが日本の戦後文学に与えた影響が垣間見える。

この戦後らしい新視点にくわえ、温故知新、明治文学をしばしば特集している。まず森鷗外、次は田山花袋だ。

こうした編集方針が、第一号の巻末で表明されている。

自然主義にしたところで、折角移入された西欧の発想法が、変型されて、時間がたつと、その中の自我意識も変質して、自我小説が私小説になったように、——どちらかというと、伝統の中に溶けこみやすいものだけが残ってしまう。
その後の白樺派にしろ、新感覚派にしろ、またプロレタリア派さえも、いつか変質し、別の流れに喰われてしまうという。
これは誰しも認めているところである。

毎日新聞社出版部で谷崎潤一郎を担当した、野村尚吾の記名記事である。野村は、近代文学は伝統と西欧との「じぐざぐの道」を歩んだとし、例として、正宗白鳥の「若いころからチェーホフに傾倒したが、直接影響を受けたのは独歩だ」という回想を引用している。明治以降の作家たちはみな西欧文学を崇拝した時期があるのに、直接的な小説作法は日本の近代文学から学びとった、というのが野村の分析だ。

「文学者」は、内と外とに揺れる文学の「じぐざぐの道」を、「あなたはどう選びとりますか」と、判断を各自に委ねているようにみえる。

開始当時、入会希望者が殺到した。同人雑誌批評の欄を設け、新しい才能の掘り起こしをも試みたが、昭和三十三年に年間九〇〇冊、昭和四十年には倍増して一五〇〇冊の同人雑誌が編集部に寄せられたというから、この時期、「文学者」が、どれほど大きな存在だったか想像される。

小説公募もおこなっていた。掲載されたら、芥川賞の選考対象になるのだ。

「文学者」はかくして、終戦後、他に文学を学ぶ場のなかった時期、「書きたい」「作家になりたい」という人々の願いに応えて、最高の場を提供した。

川端康成も鎌倉文庫を始め、恵まれない書き手のために数々の貢献をしたが、既に世に出た作家を対象とした。かたや丹羽文雄は、無名の人々を対象に、最新の知見を広めようとしたのだった。

とはいえ掲載されるには、熾烈な倍率があった。競争を勝ち抜いた広池秋子「オンリー達」は芥川賞候補になり、編集人でもあった石川利光は昭和二十六年に芥川賞を受賞した。

同人費納入義務はあったが、払う者はほとんどなかったという。運営は、丹羽文雄の自腹だ。

昭和二十五年七月に第一号が刊行され、二年半の中断をはさんで、昭和四十九年四月まで続いた。長く続いたこの同人誌についてさまざまな作家が回想を残しているが、記録文学で知られる吉村昭の文章を引用したい。

創刊より五年後の、昭和三十年のこと。吉村も自作を発表する場として同人雑誌をやってみたが一号出しただけで自然消滅……。

新宿の紀伊國屋書店には同人雑誌の置かれたコーナーがあり、私は、そこへ行って物色した。特定の人たちで発行している同人雑誌が多く、その中では「文学者」という雑誌がなんとなく

広く開放されているように感じた。（中略）
私は、その月の十五日に、例会のひらかれる中央線の東中野駅近くにある「モナミ」というレストランに行った。
やがて、定刻になって、メインテーブルに写真で顔を知っている丹羽文雄、火野葦平、石川達三氏らが座った。（『私の文学漂流』52～53頁）

首座にいた丹羽文雄が、吉村の目に飛びこんできた。体格優れ、美丈夫で、女性ファンから「市川団十郎か長谷川一夫か」と黄色い歓声があがるほどだったが、端正な顔立ちより、表情豊かな眼が人を惹きつけた。

学生の吉村昭に丹羽文雄は目をかけ、毎月曜に三鷹の自邸で開いていた勉強会に来るよう誘った。吉村の名をよく間違えて、「吉井君」と呼んだというが、この大雑把な性格が、多くの後進を育てる懐の深さでもあり、また数々の怨嗟の種となった。

太宰の死と丹羽文雄

「文学者」創刊の話が石川達三らとの間でまとまった昭和二十三年、丹羽文雄の「守礼の門」が「文藝春秋」に掲載された。好評で、翌月には単行本化された。丹羽文雄にとって、文藝春秋社からの初出版だった。

十六年前の昭和七年、丹羽が二十八歳のとき、永井龍男の推薦により、短編「鮎」が「文藝春秋」に採用された。幼い息子を置いて家出した母親をテーマにした私小説で、これの好評に力を得て上京し、作家を目指したものの、短編「煩悩具足」が採用されたぐらいで、文藝春秋社との縁は薄かった。芥川賞、直木賞は、候補にさえならなかった。生活のため、新聞小説に力を入れたせいかもしれない。

丹羽が初めて文学賞を受賞したのは、太平洋戦争中。「文学報国会」に属し海軍報道班員としてラバウルに派遣された経験を書いた『海戦』で、中央公論賞を受けた。賞に縁遠くとも、確かな描写、構成の巧さで、どんなテーマでも水準以上の作品にして多作に堪える筆力は、出版社に重宝がられた。

そして終戦間もない昭和二十三年、十六年がかりで、文藝春秋社からの出版を果したのだった。この年、出版界に激震が走った。太宰治が山崎富栄を道連れに、玉川上水で入水自殺——。『斜陽』『人間失格』と、敗戦による旧秩序の崩壊していくさまを捉えて、人気の絶頂にあっただけに、世間は騒然となった。

作家生活に自ら終止符をうった太宰の姿は、若き丹羽文雄の眼に、どう映っただろう。芥川賞創設のとき、太宰は候補に選ばれ、落選。その折の川端康成の評に激怒し、「刺してやりたいほど」と恨んだ。第二回も候補になった。すると今度は、受賞を懇願する手紙を選者の佐藤春夫に複数送った。

喉から手が出るほど芥川賞を欲しがった太宰が自殺した翌年の昭和二十四年、受賞どころか候補に選ばれたこともない丹羽文雄が、芥川賞の選考委員になったのだ。以後、昭和五十九年まで、三十五年の長きにわたって選考委員をつとめ、文壇を支配する。

太平洋戦争が終わって三年目。破滅型作家太宰は、同じく私小説出身ながら多作の丹羽文雄と、人気トップの座を交代した。

鮎を食べる女

丹羽文雄の出発点「鮎」も、自殺を題材にした。だが、自殺を巡って、丹羽と太宰は立場が対照的だ。

自分の意思により死を選びとりながら、女性をまきこんだ太宰治――。逆に丹羽文雄は、母親の愛人の自殺騒動の、一部始終を見届ける羽目に陥る。

二十代の自分が親の痴情をさばかねばならないなど、不幸なことだと、苦味とやるせなさをいつ幾度逢おうと、もの別れになる守山との交渉のあとさきに味わされて、五日目だった。

（中略）

「あの人が自殺したんだよ」

えっ、というほどの驚きだった。（『日本文学全集22』新潮社、一九七一年、13頁）

奔放な母に翻弄され、いつしか身につけた、若さに似合わぬ大人な態度――。

身勝手な母が何をしでかすか分からない緊迫感に急かされ、読者はページを繰らずにいられない。そして読み終わると、途方もない大きさの赦しに、包みこまれる。

母と係わるのに、ここまで寛い心をもたねば生きていけない、主人公の哀しみが、切々と伝わってくる。

師からの決別

世間に作家は自殺しやすいというイメージが広まったのは、芥川龍之介からか、太宰治からか。川端康成、三島由紀夫と、大物の自殺がメディアに派手に報道されたため、作家の死に様というと自殺ばかり云々されるようになった。

でも多作できる作家は自殺しないし、女性作家の自殺も寡聞にして知らない。

実際は、自身は生きて、周囲の誰かを死に追いやった——故意でなく、心理的に追い詰めた——場合も多いと、作家をたくさん見てきた私は感じている。

人間の心の動きを正邪含め知悉するのが小説の作り手であり、それには自殺者の心理のみならず、自己の悪魔性、他殺の衝動を知ることも含まれる。

自殺組の代表の太宰治にしても、学生時代、心中の失敗で、女性が死んだ。おかげで自殺幇助の罪で警察の取調べを受けた。

森鷗外の熱狂的読者だった彼は、「高瀬舟」のこの件りをどんな想いで読んだだろう。

気がついて弟を見ますと、弟はもう息が切れておりました。創口からは大そうな血が出ておりました。それから年寄衆がお出でになって、役場へ連れて行かれますまで、わたくしは剃刀を傍に置いて、目を半分あいたまま死んでいる弟の顔を見詰めていたのでございます。(「高瀬舟」)

殺さざるをえない不条理、他者を死に誘う描写に、心を摑まれただろう。

自殺と他殺――。

丹羽文雄の父親も後妻を死に追いつめている。

人を自殺させる――。

そんな親を冷静なリアリズム手法で描きだしながら、その愚を受け入れる心の寛さが、読者に救いを与えてくれる。

事実、丹羽文雄は寛大で、若い小説家志望者を励まし続けた。後進への心配りは、ベストセラーになった『小説作法』にもうかがえる。例えば、章を変えるときに「意識的に今までと違った、新鮮な発見を与えねばならない」(『現代日本文学全集47』筑摩書房、248頁)等、自分の手の内をここまで明かして良いものか、と呆れるほど具体的な内容だ。

瀬戸内晴美も「文学者」に参加して、作家への道を歩んだ。自伝『いずこより』に、師から突然、休刊を告げられた時の衝撃を記している。

丹羽氏のその時の決心の真意は、私たち下っ端の同人には推察も出来なかったが、小田仁二郎たち十日会の古参の同人たちの間でも、その時の突然の休刊の理由は明らかではなかった。私たちは等しく深いショックを受け、右往左往した。長い歳月、毎月当然、『文学者』は出るものと決めて、その状態に安住している同人たちのなまぬるさに、孤高な主宰者としての丹羽氏ががまんならなくなったのだろうというのが私たちの漸く推察出来ることだった。（『瀬戸内寂聴全集5』　420頁）

昭和二十七年、丹羽文雄は芥川賞選考委員として、五味康祐に賞を授ける席に加わっていた。五味康祐は同人雑誌の失敗で夜逃げした身だった。野垂れ死に寸前だったのに、急転、晴れの授賞式の主役となり、涙で目を真っ赤にしていた。五味のみならず、この頃の芥川賞受賞者はみな貧苦を耐えて賞を獲得していた。

丹羽文雄は選者として祝いをのべながら、ある光景を思い浮かべざるをえなかっただろう。洋灯煌くベラミで談笑する、「文学者」同人たち。丹羽の奢りで、ビールの杯を重ねている。あのままで、人の心を打つ小説が書けるはずがない。

僕はもう知らない。自分たちで、やってみなさい――。

カフェ文壇

天井まで届きそうな本棚に、右手の壁面は占められている。背表紙をながめ、一つ手にとる。厨房では、パンを焼いている。バターの良い香りがする。森に囲まれた、日本近代文学館のカフェは居心地が良く、いつまでもここで、本を読んでいたい。

店の名前は、「カフェ文壇」。木製テーブルが似合う昭和レトロな雰囲気で、メディアでよく取り上げられる。私が行ったときは、NHKが撮影にきた直後だった。

でも「文壇」という言葉を、カフェに命名するとは、「文壇も遠くなりにけり」だ。盛時なら、カフェにその名を頂くなど誰も考えもしなかっただろう。私の両親は直木賞最終選考に残り、仲良く落選した。「文壇」から煮え湯をのまされた苦い思い出があるから、よけい感慨深い。

外部業者がこの名を、二〇一二年の営業開始のとき選んだという。

瀬戸内晴美の言葉をふと思い起こす。

文壇の怖さとは、ある作家がどれほど才能があっても必死でも、ひとたび文壇に「あいつは……だ」と焼印をおされたら、間違いなく足元をすくわれ、消されてしまうことだ、と——。

鬼や蛇がうじゃうじゃいた、と彼女が怖れた「文壇」が、和やかなカフェの名になるなんて、千年むかし、平安京を恐怖に陥れた「鬼」が時を経て魔力を失い、「鬼おこし」や「鬼ころし」になったみたいだ。

それでも文壇が作りあげたヒエラルキーがいまだ在るのは、出版界が円滑に動いていくのに、必要なため、と言われる。

太平洋戦争終結後の、変化が急速だった時期にはなおさらだろう。天皇の人間宣言、日本国憲法施行、家制度廃止と、旧体制が瓦解し、小説は何を書いても良い時代になった。一大転機を迎え、世に溢れでる多種多様な作品から、どの書き手を奨励し、誰を外すか。

長老格の、鶴の一声が決め手となった。

「文学者」開始の三年前の昭和二十二年、月刊「小説新潮」が創刊され、十年たたぬ間に四十万部に届きそうな勢いをみせた。「小説新潮」創刊の前年（昭和二十一年）には文藝春秋が——戦後解散を命じられたが、この年、文藝春秋新社として再開された——「オール讀物」を復刊していた。

文学と大衆小説、両方の良さをあわせもつ、中間小説ブームがおきたのだ。新しい書き手の育成は喫緊の課題だった。

昭和二十五年に朝鮮戦争が始まり、戦争特需に日本は沸いた。生活の余裕から娯楽が求められ、テレビのない時代、小説は手ごろだった。

表通りと裏通り

小説ブームに貢献した作家の中で、丹羽文雄と舟橋聖一は横綱級だった。質を落とさず量産がきいたからだ。両雄は芥川賞の選考委員を長年つとめ、文壇での実権を強めた。

舟橋聖一は丹羽文雄と同じ年に新選考委員になった。東京大学卒業後、作家業と明治大学教授を兼ね、ＮＨＫの大河ドラマ第一回「花の生涯」の原作者として名を知られた。同い年の丹羽文雄とは終生のライバルとされ、芥川賞選考委員会ではしばしば意見が対立した。

昭和文学というと、谷崎潤一郎、川端康成、三島由紀夫が三巨星で、人気では太宰治と、誰もが認めるだろう。現在もこの四天王と明治期の夏目漱石が文庫の売上げベストテンの常連だ。

ところが三巨星が現役で活躍していたとき、出版界において幅を利かせていたのは、彼らとは違っていた。

熾烈に競合する大手の編集者が揃って、二人の邸のある場所を、「三鷹」（丹羽）「目白」（舟橋）と暗号のように呼んで、ご機嫌をうかがったのだから。

戦後わずか四半世紀で総売上げが一兆円を超す一大産業となった業界で、いかに二人に権威があったか、出版人の証言を引こう。


舟橋さんも丹羽さんも、戦後の仕事の重点は、新聞や中間小説誌に移ってきていたので、純文学の側からだけみていると、その時代の文壇ジャーナリズムを支配した、ふたりの風圧と貫禄とかいったものが、捉えにくい。たとえば大学やカルチャー・センターで教える文学史の教材では、ともすると表通りの作品にしか目がいかないから、いやそれでいいのかもしれないが、車夫馬丁ゆきかう裏通りのジャーナリズムの喧騒は伝わりにくい。（大村彦次郎『文壇うたかた物語』25頁）

熾烈な競争をくりひろげる出版社にとって、本や雑誌を確実に売れるようにしてくれ、どの新人が有望か気安く意見が聞けるという、何ともありがたい存在が、丹羽文雄と舟橋聖一だった。そうした実利が二人を、「文壇」の大御所にまつりあげたのだろう。

大人物、大作家、そして大家と、何事においても「大」がつき、日本文芸家協会理事長を長年つとめた丹羽文雄が、まさかアルツハイマー認知症になるとは、誰が予想しえただろう。

いや、唯一、予言していた人がいる。丹羽自身だ。

風俗小説で多数の読者を摑んだ彼だが、没後、新聞の追悼文で代表作とされたのは四十三歳のとき『改造』に発表した『嫌がらせの年齢』だった。

日本文学史上初めて、老人介護をテーマにした。高齢の祖母の世話を身内で押し付けあう姿を、ユーモラスな語り口でえがく。老人とその家族の、心の奥底にまで踏みこんだ佳編だ。

愛しい孫に厭われながら、生きねばならぬ。老いの現実が、心を揺さぶる。

ところが現在、『嫌がらせの年齢』は絶版になっている。

内田百閒の『ノラや』と対照的だ。愛猫を失った哀しみに溺れる作者が主人公の『ノラや』は確かに秀逸だが、これが新字・新仮名遣いで改版され読者を得ているのに比べると、『嫌がらせの年齢』が旧字のまま、読者に提供されないのは奇妙な状況だ。

内田百閒の詩情が、丹羽文雄のリアリズムより読者に愛好されるのかもしれないが、もし、少子化、ペットブームという現代社会の病弊の顕れだとしたら、残念だ。

『嫌がらせの年齢』のような昭和文学の佳篇を読めないのは、もったいない。

風俗小説の系譜

「明日ですね」

「ほんとに、来るかい」

曜子はまぶしそうな顔をして、肯いてしまった。

それから、地獄谷の方へ下りた。そこから岩道を青い篠の林に沿って、上がって下りると、篠の湯だ。卯の谷の新しい娼婦が、ズロース一枚で、白粉を塗っていた。（舟橋聖一「裾野」『現代日本文学全集47』375頁）

戦後の混乱にあって、売春に追いつめられていく女性を主人公とした、舟橋聖一の代表作の一節だ。

丹羽文雄と舟橋聖一という、二人の文壇リーダーがさかんに書いた風俗小説とは、移ろいゆく都会の今を生きる、男と女の世界である。その時いくら流行していても、時がたつと色褪せて、誰も振り向かない。

冒頭の一節も、小説作法として、興味のそそり方の参考にはなっても、西鶴のように、時を超えて読者をとらえる魅力があるとは言い難い。

そんな風俗小説について、評論家の中村光夫が丹羽文雄等を批判し、昭和二十五年『風俗小説論』にまとめた。これは存外、根深い問題かもしれない。今も大多数が、ここから抜け出せないでいるからだ。

中村光夫の意見に、耳を傾けよう。

第二次世界大戦勃発時、フランスに留学していた彼は、戦後、日本の文壇が膨張していく方向について、苦言を呈さずにいられなかった。

小説の俗化と文学技法の「風化」が究まるところまで行った観を呈している今日現在の文壇風景は、この戦時への暗鬱な逼迫のなかで受胎され、敗戦の混乱の申し子として成長した風俗小説を「近代日本文学」そのものの「歪み」として反省すべき時期に達していることを示唆しています。

ちょうど我国の「近代」が戦争を惹きおこしたことで、さまざまな弱点が曝露したように、我国の「近代文学」の弱点もそれが風俗小説などというものを生んでしまったことではじめてはっきりしたと云えましょう。(『昭和文学全集16』170頁)

中村光夫の危惧は現実となり、戦後の日本文学は、バベルの塔のような脆さを抱えこみながら積み上げられていった。

海外文学とのタイムラグ

丹羽文雄も風俗小説の旗手だ。

しかし彼は主宰した「文学者」でカミュを紹介し、実存主義文学を日本に移植するのに一役買った。またアメリカ人文学者を招いて座談会をし、ヘミングウェイ、フィッツジェラルドといった「失われた世代」等の作家論や海外出版事情にも目配りした。この時点、つまり昭和二十年代後半、丹羽文雄は世界文学について最新知識を持つよう努めていた。

ところが出版界の隆盛にともない多忙をきわめたせいか、彼は海外事情に疎くなっていく。こう書くと、「だから芥川賞は村上春樹をとりこぼしたのか」と感じる読者がいるかもしれない。

しかし事はそれほど単純ではない。

二十八歳の村上春樹が『風の歌を聴け』で群像新人文学賞を受賞したとき、私の知人の作家たちは「凄い人が出てきた」と話題にしていた。彼らの予感通り、講談社から刊行された単行本は新人では異例の十万部を売上げた。

群像新人文学賞の選者・丸谷才一の選評を引く。

「現代アメリカ小説の強い影響のしたに出来上がったものです。（中略）この日本的情緒によって塗られたアメリカふうの小説という性格は、やがてはこの作家の独創ということになるかもしれません」

――この作家の独創となる、との予言どおり、村上春樹は現代日本のトップランナーとなり、長編五作目の『ノルウェイの森』は累計発行部数が一千万超えというメガヒット。戦後文学最大の読者を摑んだのは、まずその都会的な感覚、そして文体だろう。軽く流れながら、心を摑む言葉や隠喩が散りばめられている。

「日本では先例のない語り口を開発した」（『イアン・ブルマの日本探訪　村上春樹からヒロシマまで』75頁）とオランダ出身の文芸評論家がその特性を分析する。

「サイエンス・フィクションとハードボイルド・クールと形而上学をミックスしたものだ。アーサー・C・クラークが帽子を持ちあげてニーチェと日本語で挨拶しているのだ」（前掲書）

海外の書店で、新作を買うため行列ができるというこの「世界的人気作家」を、芥川賞選考会は「落選」とした。昭和五十四年、十人の選考委員のうち丹羽文雄をふくむ過半数の六人が、候補に残った彼のデビュー作『風の歌を聴け』に評言なし。

なぜ選考委員は村上春樹の登場に沈黙したのか――。

一因として、その十年前の昭和四十四年、庄司薫の『赤頭巾ちゃん気をつけて』を受賞作に選んで失敗したことがよく指摘される。丹羽文雄は赤頭巾ちゃんを「これはこれで良し」として○をつけ、十人の選考委員のうち推さなかったのは三人だけという圧勝ぶりだったというのに、受賞が発表されると、J・D・サリンジャー著『ライ麦畑でつかまえて』と酷似していると騒がれた。東京新聞が「薫ちゃん気をつけて」（同年九月二月付）と題した記事をのせるなど、非難は姦しかった。

この庄司薫へのバッシングがなかったら、村上春樹への、選者の反応は違っていただろうと言われる。

落とした選者の一人、大江健三郎は村上春樹を暗に指して、「今日のアメリカ文学をたくみに模倣した作品もあったが、それが作者をかれ独自の創造に向けて訓練する、そのような方向づけにないのが、作者自身にも読み手にも無益な試みのように感じられた」と、丸谷才一とは正反対の評を公表した。

独創か、アメリカ文学の模倣か。

熱狂的ファンと、アンチ。

現在も二分する彼だが、出発点からしてそうだったのは興味深い。一つ確かなことがある。「無益な試み」との大江の厳しい批判が、彼を変えなかったことだ。

逆に耳を傾けたのは、編集者の助言だった。

彼は回想している。

「ぼつぼつ仕事をやり始めたころ、ある編集者に『村上さん、最初のうちはある程度書き散らすくらいの感じで仕事をしたほうが良いですよ』と言われました。そのときは『そんなものかな』と半信半疑だったんだけど、こうして昔のものを読み返してみると、『たしかにそれは言えるかもな』と納得しました」（『村上春樹　雑文集』14頁）

書き散らすくらいの感じ……。

文学へのアドバイスとして、しっくりこない言葉だ。私自身、先輩作家から「熟成して」と言われた。

村上春樹自身、最初はこれに半信半疑、後に納得したという。

デビュー当時、村上の周囲にいて、本の前書きに書くほど記憶に残る助言をした編集者とは誰だろう……。まず彼をデビューさせたことで知られる講談社の大村彦次郎が思い浮かぶ。村上と同じく早稲田大学出身で、当時は『群像』の編集長だった。

今、私の手元に、彼が「群像」に転じることを知らせてきた葉書がある。両親と長く親交があったからだ。これを見ると、前任は「小説現代」だった。

「『小説現代』には創刊以来、十年半も在籍しました。昨夏、『群像』へ移りましたが、今後共よろしくお願いします」とある。

つまり大村は「小説現代」を世に知らしめ、十年以上も「売れる小説」を追求して充分な経験をつんだ後、「群像」に転じたのだ。

そう聞くと、腑に落ちるものがある。

——書き散らすくらいの感じ……。

村上春樹を育て、世界へと押し出した編集者は、いわゆる「純文学」畑ではなかったのだ。

大ベストセラー『ノルウェイの森』はドイツの空港でＢＧＭのビートルズを聴いた主人公が失った恋人を思い出す場面から始まる。六十年代、七十年代の風俗をスタイリッシュに描いて、大衆小説以上に売れた。

「やがてはこの作者の独創となる」との丸谷才一の予言が的中した。

村上春樹は一九八五年の初書き下ろし『世界の終りとハードボイルドワンダーランド』で人間の潜在意識を利用した数値変換術シャリングの習得者を主人公にして、ポストモダニズム後の代表的作家となり——村上はポストモダニズムを終らせたといわれるレイモンド・カーヴァーの熱心な翻訳者でもある——、長編八作目の『ねじまき鳥クロニクル』では、物語と歴史、日本と戦争等々、社会的テーマに挑戦、長編十作目の『海辺のカフカ』ではギリシャ悲劇を日本の風土に融合させて高く評価されフランツ・カフカ賞を受賞するなど、世界的評価を確かにした。

積乱雲が夏空に立ちあがる勢いで、彼は、世界を席巻していったのだ。

予知された新ブーム

村上春樹が芥川賞を逃したとき、受賞した重兼房子「やまあいの煙」を「創作民話」と賞賛した選者の安岡章太郎は当時、『志賀直哉論』を鋭意執筆中だった。

平均年齢が五十歳を超えていた選者たちは、世界文学の動向にさほど興味を持っていなかったのか、世界中で都市化が進行し均質化して、地方性の文学が急速に衰えつつあることを見逃した。世界文学は、この時すでに、新しい段階に入っていたというのに。

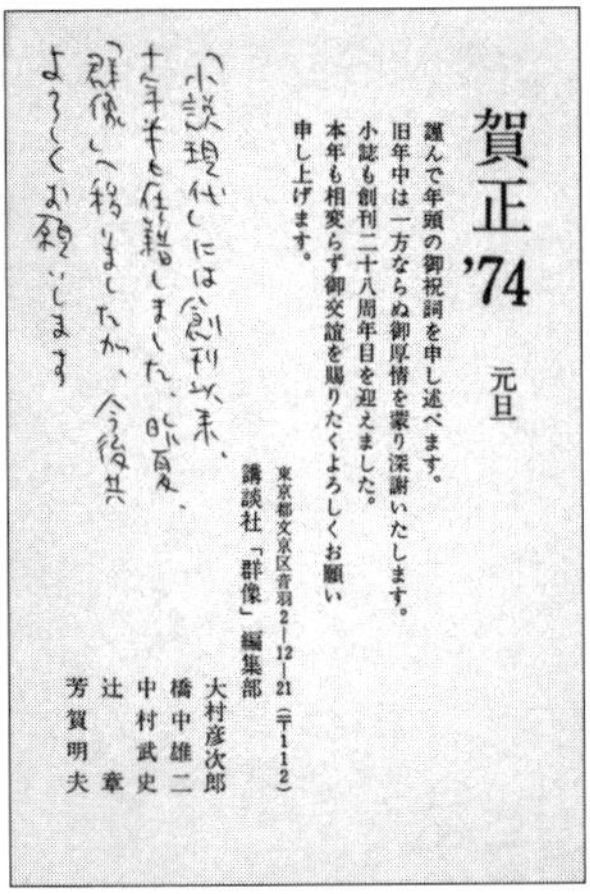
賀正 '74 元旦
謹んで年頭の御祝詞を申し述べます。
旧年中は一方ならぬ御厚情を蒙り深謝いたします。
小誌も創刊二十八周年目を迎えました。
本年も相変らず御交誼を賜りたくよろしくお願い申し上げます。
東京都文京区音羽2―12―21（〒112）
講談社「群像」編集部
大村彦次郎
橋中雄二
中村武史
辻　章
芳賀明夫
「小説現代」には創刊以来、
十年半も在籍しました。昨夏、
「群像」へ移りました。今後共
よろしくお願いします

「小説現代」から「群像」に移ることを伝えた大村の年賀状　昭和49年

村上春樹デビューより六年前の一九七三年、トマス・ピンチョンが『重力の虹』を発表し、全米図書賞を受賞するなど、読書界の話題をさらった。

ポストモダニズムの頂点といわれたピンチョンは、コーネル大学で応用物理学を専攻して航空機のボーイング社に勤務した経験をもつ。米軍のミサイル開発のテクニカルライターだった。

その見聞を活かし、アメリカとドイツにまたがるロケット開発をめぐる、資本主義社会の世界的構造を総合的に捉えた長編が『重力の虹』だ。

　飛行物体のあとに引かれる蒸気の尾——いまはもう指一本の幅に広がった——あれは飛行機の雲ではない。飛行機雲は垂直には上がらない。こいつは新型の、いまだトップ・シークレットの、ドイツ軍のロケット爆弾だ。（『重力の虹（上）』19頁）

デビューはその十一年前、フォークナー賞を受けた「V」。以後、斬新かつ人間性への深い思考にもとづく作品を発表し続け、現在ではノーベル文学賞候補に名前があがる存在となっている。

日本の戦後文学は、安部公房が世界的レベルに達したことで、実存主義という最初の波は、やすやすと乗りこなした。

しかしそれ以降の世界文学の潮流について、文壇は敗戦直後と同じ真剣さで臨んだだろうか。ロケット技術を切り口に、戦後世界の構造を捉えようとしたピンチョンを筆頭に、同じくテクニカルライター出身で、近未来小説でヒューゴ賞を受賞した中国系アメリカ人テッド・チャン等、テクノロジーの時代に即応した作家が海外で目立ちだしていた。日本でも、大ヒットした『パラサイト・イブ』を始め、若者に人気の森博嗣等、理系の書き手への支持者も増えてきていた。

ところが芥川賞に、SF畑出身の円城塔「道化師の蝶」が選ばれたのは、二〇一二年。ピンチヨン登場より半世紀近く後だ。安部公房が世界文学の新潮流に即応したのに比べると、何とも遅い。

二十一世紀になっても、日本文学はますます内向きになって、風俗小説や歴史小説がもてはやされ、昨今でも厳然と残るヒエラルキーの上部を占めている。

日本文芸家協会会長を長くつとめた丹羽文雄の、かつての勉強会の記録がある。

昭和二十七年「文学者」第十号に、米国人ゲストを招いて「アメリカ文学を語る」という座談会が掲載された。

そこで丹羽文雄は、シャーウッド・アンダーソンのような地方性の作家について、熱心に質問した。

つまり丹羽文雄は、都会を舞台にした風俗小説の妙手でありながら、地方の土地の霊力を漂わせる、地方性の小説に興味を寄せていたわけだ。

その次に丹羽文雄が関心をもった海外文学は、推理小説だった。この会で「アメリカ文学のヴェテラン」と紹介された、後の早稲田大学教授・鈴木幸夫は丹羽文雄と生涯にわたり親交があった。鈴木幸夫は英国のジェームス・ジョイス研究からミステリーに興味を移して、『推理小説の美学』『推理小説の詩学』等々の翻訳を代表作とした。

ポストモダニズムを見逃した丹羽文雄だが、間近に迫る新潮流は、予感していたようだ。

昭和四十年代から、推理小説は経済成長の現実を映して、空前のブームとなる。

花盛りの文壇

その前夜、昭和三十年代半ばに、世界文学全集、日本文学全集がブームになり、軽装な新書も人気を集め、敗戦から十年がかりで、出版は戦前のレベルに戻った。

そこにテレビの民間放送が始まり、当初は出版の競合者かと危惧されたが、テレビの原作小説が人々の注目を浴び、メディア・ミックスで、小説出版は飛躍的な進展をみた。

大洋で魚群に遭遇した船団のように、空前絶後の小説ブームが到来したのだ。名前を広告に出しただけで、月刊文芸誌が何十万部と売れる流行作家がいた。

その前駆として……。

昭和二十二年秋、「小説新潮」が創刊され、それに追いつけ追い越せで、文藝春秋社「オール讀物」、講談社「小説現代」と、相次いで創刊されたことは既述した。良質で読みやすい小説が、戦後の、物語の慰めに飢えていた人々に受け入れられたのだ。

ついで昭和三十一年「週刊新潮」の成功に続いて、雑誌社系の週刊誌が次々創刊され、出版産業は黄金期を迎えた。

それらに掲載された連載小説は、変化の激しい経済成長の、新しい時代の風をとらえて成功した。単行本化され、ベストセラーになり、総売上げを膨らませた。

この成長期に、日本の戦後文学は需要に十全に応え、輝きを放つ良質な作品群を送りだすことができた。可能にしたのは、これまで見てきたとおり、鎌倉文庫に尽力した川端康成、私財を投じた丹羽文雄等々、実力者の誠意があったからこそ、だ。

それを文壇とよぶのなら、果たした役割はやはり大きかったと認めざるをえない。

瀬戸内寂聴が山田詠美と二〇一五年に対談し、こう語っている。

「私は予言します。十年後、私は死んでいるし、文壇はもうなくなっていると思う」（「婦人公論」七月十四日号、53頁）

そう口にするのは、彼女が文壇の弊害に苦しみ抜いたからだ。

その入会許可のような芥川賞の選考対象となるのは、主に「文學界」「新潮」「群像」「文藝」「すばる」の文芸五誌だ。だが、これらが日本の文芸のすべてでは決してない。それ以外から世に出て、戦後の隆盛に大きく貢献した動きがあった。

小説出版揺籃期の明治期から大正期に実績をあげていた、新聞社によるものだ。

第十一章　「百万人の小説」

松本清張　昭和52年有楽町
読売ホールにて
（日本近代文学館所蔵）

特選 深安地平氏「青春の旅」
—朝日文芸・百万人の小説入選決定—

【特　選】
【優　賞】
【入　選】

「週刊朝日」が戦後はじめて公募した「百万人の小説」結果発表

巨星誕生

敗戦から四年後、いまだ社会が混乱状況にあった昭和二十四年、「週刊朝日」が「百万人の小説」と銘打って小説公募を企画した。特選賞金は三十万円。この当時、公務員の初任給が四、五千円だったたから、現在の価値に換算すると約一千万円になる。

高額賞金が奏功したか「週刊朝日」編集部には、約千点の作品が集まった。

私のところにその資料が残っている。亡父が応募していたからだ。

だが父からその話を、私は聞いたことがなかった。心筋梗塞で急逝した後、主なき書斎を整理していて、色褪せた応募原稿や通知ハガキ等が箱に几帳面に収めてあるのを見つけ、父の人生において「百万人の小説」がいかに大切な出来事だったたか、思い知ったのだ。

箱の中にあった、昭和二十四年の「週刊朝日」十二月十日号に、予選合格者三十名が公表された。その中に、松本清張とならんで父の名がある。

選を通過した嬉しさが伝わって、私は胸をつかれた。同人雑誌の失敗で借金を抱え、生活苦の最中だった。絶望しきったときに、予選通過を知って、海難者が遠い波間にかすかな汽笛を聞いたような、闇に射す一条の光を見たような気がしただろう。

その時、父は二十八歳。小説が好きで作家になりたくて、でもいくら書いても、芽がでなかった。

十代で入選を果たした「文芸首都」は戦中の一九四四年に、アメリカのイスラエル政策批判ともとれる「シオニズム批判」を掲載するなど、意気軒昂だった。小説を公募していた文芸誌というと、戦中はこの「文芸首都」しかなく、作家の卵はほとんどが挑戦した。

その唯一の揺籃に、父は作風が合わなかった。後に産業推理という新分野でデビューするのだから、芥川賞養成所的な傾向のある「文芸首都」は場違いだった。

文体は体質と同じで変えるのが困難だ。

発表の場の極めて少なかった、そんな敗戦直後、「週刊朝日」が企画した「百万人の小説」は、出版界の再始動を前にして、即戦力になる新人発掘を目指した、ジャンル不問の企画だった。

予選合格者三十名は、翌年十人に絞りこまれ、当選者六名が決まった。

熾烈な競争を勝ち抜いた入選者たちは錚々たるメンバーだ。最終発表を見ると、たった一ページに、以後の出版界の隆盛が予感される。

ジャーナリズムが規模を拡大してマスコミと名を変える、新時代。経済成長の大波にのり、彼らは華々しく活躍していくのだ。

そんな戦後の人気作家を代表する松本清張は、西南戦争に西郷軍が発行した軍票（不換紙幣）をめぐるインフレ狂騒劇の『西郷札』で三等入選した。

後に『人間の條件』が大ベストセラーとなる五味川純平が現代性を評価されたか、松本清張をしのいで優賞に輝いた。

大学教授との兼業で歴史作家として名を馳せた南条範夫が五味川と並び、選外佳作には現代小説から競馬小説までこなした有馬頼義がいて、上位十人は、八面六臂の活躍をした人々が名を連ねる。

私のもとに残された亡父の原稿の表紙に、朱筆で「佳二」とある。つまり最終選考で「選外佳作第二席」となったわけだ。

入選は逃したが、話題をさらった企画の最終結果発表に名前と作品名が記された。

このささやかな実績で、父は、ラジオドラマの脚本の仕事をえた。三年後の昭和二十八年、テレビの民間放送が始まると、シナリオの依頼が引きも切らず。テレビという新しいメディアは人々の関心をさらい、瞬く間に成長した。膨張するテレビ業界の渦に父は巻き込まれ、内情をつぶさに見て、「現代社会」とは何かを痛感した。その体験を書いて、ついに作家デビューを果たした。

「百万人の小説」最終候補十人の中には、他にも脚本家になった人がいる。十人ほぼ全員が以後、文筆を業とするという実りある企画で、高額賞金は有益だった。

皮肉なことに、千人の頂点、一等賞の人は作家として名を成せなかった。海軍中尉の誤爆を題材にした作品で、終戦直後という時代に適って選者に好まれたのだろうが、世の風向きはすぐ変わる。「一本釣り」という文学賞の問題点も、この企画に見て取れる。

たった一作を選ぶことの難しさ。芥川賞・直木賞は候補になるだけで充分、という通説には一理ある。

そのスピードで

松本清張の「西郷札」は「週刊朝日」に掲載され、直木賞候補になった。その後、清張が取った行動は、並の新人たちとは、かけ離れていた。新聞社に勤務して、ジャーナリズムの裏表を知り尽くしていたためか。

いきさつはこうだ。

「週刊朝日」に掲載された「西郷札」を清張は直木賞選者の木々高太郎に送り、感想を請うた。木々は気に入り、編集委員をしていた慶應大学主導の同人誌「三田文学」に何か書いてみるよう薦めた。

清張は短編「記憶」、「或る『小倉日記』伝」とたて続けに佳編を書いて、「三田文学」に掲載された。「或る『小倉日記』伝」は、所在不明だった森鷗外の、九州・小倉在任中の日記の謎を追った作品で、推理小説的展開ながら、昭和二十七年下半期芥川賞を受賞した。木々高太郎が直木賞選者だったから、移されたと推察されている。

「百万人の小説」から、瞬く間に、清張は芥川賞を摑みとった。以後も、そのスピードのまま、日本の経済成長に伴走した。それを、社会の下層で働く人々の視線から眺めて。

辛酸をなめた生い立ちゆえだ。彼の経歴というと、親が夜逃げして流浪した、小学校を卒業するとすぐに働いて職を転々とした等々、苦労話ばかり云々される。しかし印刷会社で働くうち身につけた技能の高さ、長い下積みで知りつくした処世術等々、独学の人の強さを、見せつける人生でもあった。

四十歳で「百万人の小説」に応募したときは、朝日新聞西部本社の広告部社員だった。

芥川賞受賞作の「或る『小倉日記』伝」が文学マニア向けで一般読者をつかめないと悟ると、すぐに方向転換した。わずか三年で推理小説の技法を身につけ、短編「張込み」でミステリーに転身。月刊誌「旅」に連載された「点と線」は話題をよんだ。完結後、ただちに出版され、ベストセラーになった。

この『点と線』は講談社の代替として出発した光文社から刊行された。続く『眼の壁』、『ゼロの焦点』は、手軽な新書版の体裁で人気をよび、いわゆる「清張ブーム」が沸騰した。契機となった『点と線』について、当時の出版局長（後に社長）の神吉晴夫が回想を残している。

「今日の社会に生きている、なまなましい人間の生活があり、人間がある。そこに出てくる人物は、ごくあたりまえのサラリーマンで、（中略）われわれと同時代の人間だ」（『大衆文学の歴史下　戦後編』１６８頁）

今を捉えた小説＝ノベルが、同時代を生きる人々に支持された場合、いかに大きな潮流となるか、戦後出版界は松本清張により目撃した。

謎解きの名手

戦後最大の汚職・ロッキード事件が明るみに出た一九七六年（昭和五十一年）の六月、田中角栄元首相の運転手をつとめた笠原正則が謎の死をとげた。

航空機の受注をめぐるこの贈賄事件はアメリカ、オランダ、メキシコ、ヨルダンと世界各地に飛び火し、首相ら疑惑の人物たちについてマスコミは連日大報道した。

騒然とした世情のなか、首相の運転手をはじめ、真相を追求していた新聞記者をふくむ関係者が次々、説明のつかない死に方をした。


その十四年前――。

松本清張は「小説帝銀事件」を書いて、文藝春秋読者賞を受けた。以後、政治の闇を追う「日本の黒い霧」シリーズが「文藝春秋」に次々掲載された。

作家・評論家の杉浦明平が、こんな解説を書いている。

「弱小者のいたましい生けにえの上に、官僚も政治家も互いに手をとりあい、ときには互いに陥れ合いながらも、ぬくぬくと権力の座を築き守ってゆく。そういうことを清張は、作品をつくる過程で、骨身にしみるほど知ったようである」(『日本の黒い霧』『松本清張全集30』524頁)

被支配階級は甘いヒューマニストで、たとえ真実がごくたまに報じられても、「まさか、そんなひどいことはあるまい」と、信じようとしない、と杉浦は続ける。

清張が骨身にしみるほど知った過程とは、どんなものだったか――。

一例として、帝銀事件の犯人として死刑が確定した平沢貞通の支援活動に、清張が取り組んだことがあげられるだろう。

ＧＨＱ支配下にあった昭和二十三年、東京都豊島区の帝国銀行（現三井住友銀行）椎名町支店でおきたこの事件は謎めいている。犯人は保健所の腕章をつけ、赤痢が発生したため予防薬を飲むようにと、銀行員をだまして服用させ、十二人を毒殺。現金および小切手を盗んだ。

このとき使われた、青酸化合物と推測される毒物の解析が途中で中断されたのは何故か。戦中の軍事機密がからむのではないかという、疑いが消えなかった。

ゆえに平沢を犯人とするのは冤罪であり、軍事機密の隠蔽工作だとして、さまざまな人が釈放を求める運動をおこした。

松本清張もその一人だった。

ＧＨＱ支配下にあったこの頃、他にも謎めいた事件が続いていた。鉄道事故も続発した。

松本清張はこれらを題材にした『下山国鉄総裁謀殺論』『「もく星」号遭難事件』『白鳥事件』『ラストヴォロフ事件』等を、ある視点——戦後、日本の民主化をすすめていたＧＨＱが、朝鮮戦争を目前にしたこの時期、逆に、強まっていた国内の民主勢力を抑えにかかった——から書いた。手法は小説でなく、資料の上にたって自分の考えをのべるという、ドキュメンタリーに近いものだった。

発表当時は話題になったが、現在は裁判の判決結果をくつがえしてしまうのには無理があるとの異論もある。

しかし政治を題材にするという、出版が始まって以来の難題に取り組んだ意欲は、さすがだ。

圧倒的な清張人気、戦後出版業界のパワーが、それを可能にしたのだろう。

大岡昇平VS松本清張

『俘虜記』『レイテ戦記』で知られる大岡昇平が、松本清張や水上勉の社会派推理を「現代の政治悪を十分に描きだしていない」、時流にのるだけの「現象にすぎない」(「群像」昭和三十六年七月号)「彼らの書くものは一つの虚像」(「群像」十二月号)で、長く読まれるものではないという意の批判をして物議をかもした。

大岡昇平は、松本清張らは、社会や組織、人間について歪んだ認識をもって小説を作りだしている、と言うのだ。確かに、清張の芥川賞受賞作「或る『小倉日記』伝」の主人公は脳に障害があるため迫害され、森鷗外の「小倉日記」現地調査という志半ばにして無残な死に追いこまれる。障害者差別解消法が成立し共生がいわれる現在では、おそらく受け入れられないテーマだろう。文学の条件として、人間の底知れなさを描きながら、詩情があり、魂に達する感動がある……等々、列記していくと、清張の旗色は悪いかもしれない。

大岡昇平は批判だけでなく、自ら推理小説『事件』を書き、ベストセラーとなった。若い男女が、ささいなすれ違いから、殺人事件の当事者となる。推理小説ながら、殺意があったか不明なまま実刑判決をうけた男を愛しぬく女の生命力が感動をよぶ、みごとな文学になっている。

王道をいく大岡昇平は社会派推理を酷評したが、戦後出版界を思想的に支えた評論家たちは、意外にも、松本清張擁護派だった。

　毎日新聞の文芸時評を担当した平野謙は大衆作家と純文学とを分け隔てなく取り上げることで知られ、松本清張を支持した。

『無常といふこと』が長年国語教科書に採用された小林秀雄と平野謙が、母方の祖父母が兄妹という、縁戚関係にあったのは興味深い。二人がそれぞれ、純文学と大衆文学の思想的擁壁となって、隆盛を盛りあげたからだ。

　人生論がベストセラーになった文芸評論家の亀井勝一郎も、敗戦から復興する以前から、日本にも三十万部売れる総合雑誌があっていい、として、大衆向けの小説を斥けなかった。

　彼らの考え通り、戦後は、「大衆文学」の幅がさらに広がり、例えば伝奇小説からSF伝奇小説なる新ジャンルが生まれ、ファンタジーも大人の鑑賞に堪える好編が書かれた。

　同じく文芸評論家の尾崎秀樹は、ブームの渦中にあった松本清張について、以下のような位置付けをした。

　かつて日本のプロレタリア文学は、社会を階級的な図式でとらえようとしたが、支配と被支配の全体像をリアルにえがいたとはいえない。とくに権力内部の構造を具象化する点では未熟だった。（中略）
　十五年戦争を体験した大衆は、文学の絵そらごとにあきて一部はドキュメンタリなものへ走った。清張はその読者層を文学のギリギリの線につなぎとめると同時に、これまで小説など見

むきもしなかった新しい層をひきつける役割をはたした。（『大衆文学の歴史　下　戦後編』173頁）

松本清張がこだわり続けた「底辺」。

今も、私たちのすぐ傍で、闇に潜んで待ち構える。

経済が低迷し、少子高齢化が加速し、何がおきるか予測不能だ。「底辺」で生じた怖い物語は清張亡き後も、書かれ続けている。

消費者金融をテーマにした宮部みゆき『火車』、ストーカーされた母子が殺人へ追い詰められていく東野圭吾『容疑者Xの献身』。

上田岳弘『ニムロッド』は仮想通貨を切り口に、シンギュラリティの近づく今「僕たちはいつまで人間でいられるか」と、問いかける。志駕晃『スマホを落としただけなのに』はエンタメ仕立てでネット社会の闇を描きつくす。

海外で読まれる例も増えてきた。湊かなえのデビュー作『告白』の英語版は二〇一四年に英米で刊行され、ウォールストリート・ジャーナル紙で年間の「ミステリーベスト10」に選出された。

グローバル化という名の均一化をみた現代において、これらの日本の小説は、世界中の誰もが陥りうる問題をとらえ、共感をよんでいる。

日本の「新しい層」どころか、海外の読者を獲得したのだ。そうした現状を踏まえ、日本の外へ自ら出ていこうとする作家もいる。森博嗣は英語圏進出プロジェクトTHE　BBB（The

Breakthrough Bandwagon Books）をたちあげた。

パンデミックを予言した高島哲夫『首都感染』等、変化が加速し、多層化した現代をとらえるため、社会派は今、ミステリアスな仕掛けをさらに洗練させている。

第十二章　エリスの娘たち

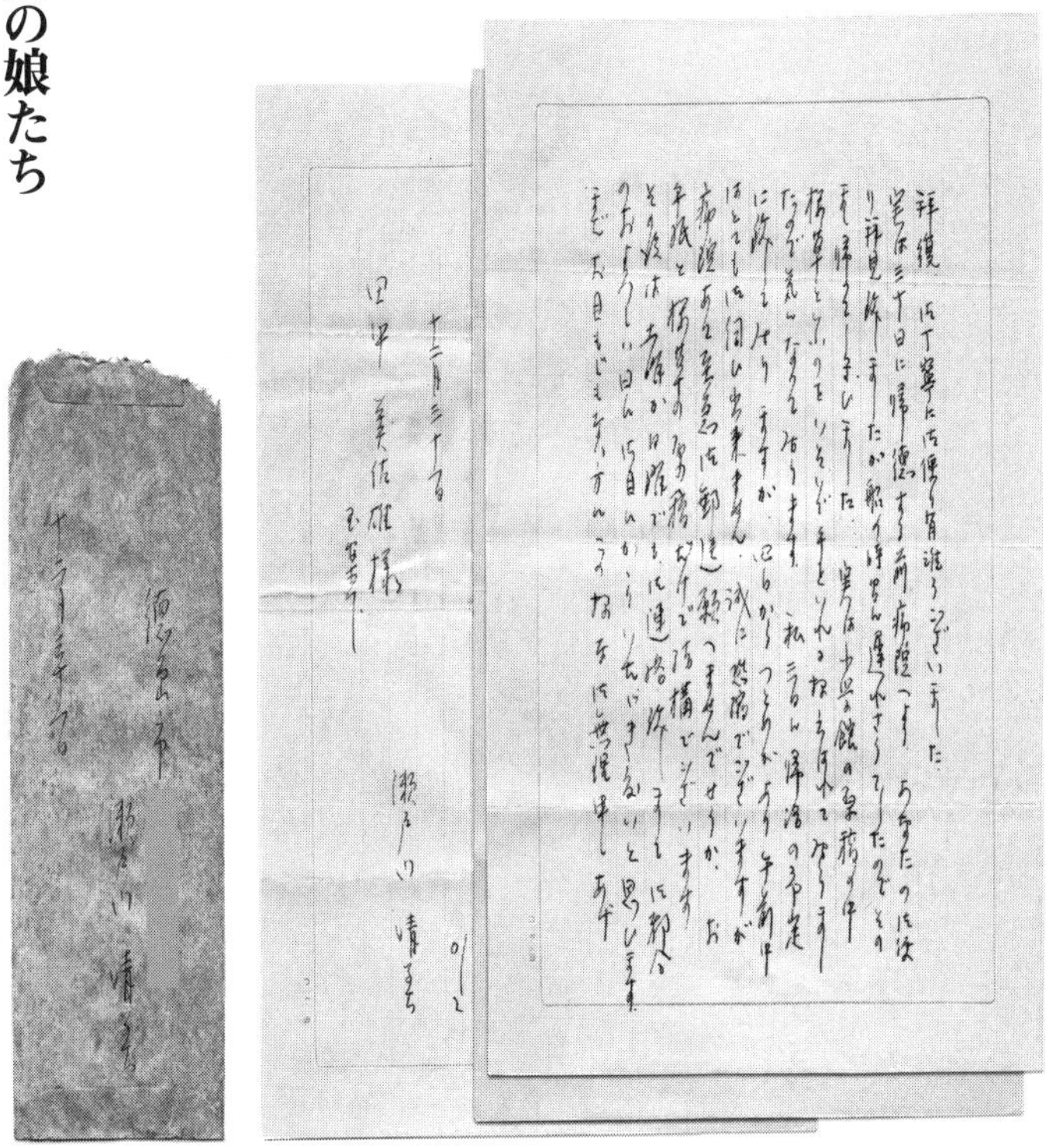

昭和26年1月1日の消印がある瀬戸内晴美の手紙
作家を目指して東京へいく5ヶ月前

あふれるもの

私の机の上に今、茶色く変色した一通の手紙がある。消印は一月一日。封筒の裏には、瀬戸内晴美とある。

三枚におよぶ手紙の末尾に、昭和二十五年十二月三十日と記される。明日は大晦日というのに、それらしい挨拶はなく用件だけで、あわてた風が、達筆ながらやや左に流れた文字にうかがえる。

彼女はその頃、京都大学医学部付属病院小児科の図書館で働きながら少女小説を書いていた。

私の父が「百万人の小説」に応募したことを知り、「感想が聞きたい」と原稿を渡していたのだった。

手紙には、編集者がそれを読みたいといっている、至急手直しして送らねばならないから返却してほしい、とある。

年の瀬に、急かす手紙を寄こした。「一月一日」の消印が、巡ってきたチャンスしか見えない、鬼気迫る形相を伝える。

「実は小学館の原稿のなか桜草というのを急いで手をいれる様云われて居りましたので気になって居ります」

正月三が日を故郷の徳島で過ごして、四日に病院勤務にもどるから、それに間に合うように郵送してほしい、と続く。

桜草――。

彼女が後に成し遂げた業績と、このスタート地点における、「桜草」という甘い題の少女小説には、何と大きな隔たりがあることか。

昭和二十五年は、彼女には激動の年だった。その年の二月に夫と離婚し、五月には徳島の父親が急逝した。翌年、つまり消印の五ヶ月後、作家になるため、一人で東京に行った。

後に戦後女性作家の代表格に登りつめた彼女を筆頭に、この章では、現代らしい個性的な活躍をした女性作家たちの挑戦と達成を振り返っていこう。

北京で敗戦を迎え、命懸けで引き揚げてきた晴美を待っていたのは、徳島の母が空襲のとき、火の迫る防空壕から出ず、焼死したという知らせだった。

彼女は後悔する。母が生きていれば、夫の教え子との不倫、幼い娘を捨てての出奔はなかっただろう、と。

錯乱にひとしい情熱と、まだ少女小説しか書けない現実とのギャップが、苦悩に拍車をかけた。

「一刻も早く上京し、有力な作家に弟子入りし、文学の道に入らなければ、自分は死ぬしかない」（齋藤愼爾『寂聴伝　良夜玲瓏』110頁）

父親はその手紙をポケットにいれ、上京費用の工面に奔走中、急死したのだった。

「はた目には最も惨《みじ》めな時期におそらく娘の前途に何の希望も期待も描くことができずに死んでいった」（前掲書、110頁）

葬式をあげ、本気で小説家になろうとしていた昭和二十五年、運命は、彼女を後押しする方向へ動きだしていた。十二月、「少女世界」に原稿が採用されたのだ。ファンレターを出したのが縁で文通していた三島由紀夫の「はじめての活字おめでたう」（前掲書、112頁）という言葉が、目に焼きつくほどうれしかった。

彼女は物心ついたころから文学志向が強く、小学生のとき、将来は小説家になりたいと作文に書いたほどだった。それなのに女子大を卒業して平凡に見合い結婚し、北京に渡った。夫が召集され乳飲み子を抱えて求職に奔走するうち、敗戦の報……。

「見なれた北京の町並が、見知らぬ国の未知の町筋のようにきらきら目に映って来た。私は次の瞬間、悲鳴に似た声で子供の名を叫び、狂ったように子供のいる胡同の方へ走り出した」（前掲書、82頁）

異国で、ひとりぼっちで、護りぬいた娘だったのに、文学の夢はその愛を凌いだ。

彼女は幼い娘をおいて出奔。夫から食糧の配給券を渡してもらえず、飢える寸前の暮らしに追いこまれた。離婚原因となった男は生活苦を理由に責任をとらなかった。一人で京都へ逃げて、二年十ヶ月。

最初に勤めた大翠書院には、少女小説を書いて後に女性初の江戸川乱歩賞をとった新章文子がいた。上司は彫刻家の流政之と、個性派ぞろいだったが、ほどなく会社は倒産。彼女は京都大学医学部付属病院小児科図書室に移って、仕事のかたわら少女小説を書いた。当時、新人が原稿料を稼げるのは、子ども向けの雑誌ぐらいしかなかった。

中原淳一の表紙で知られる雑誌「ひまわり」の懸賞に当選し、小学館が連絡してきて、「あなたは、書いてやっていける人だ」「本気でやる気なら、やっぱり上京しなけりゃ」(『いずこより』249頁)と言ったのだ。

徳島の父の一周忌がすむとすぐ上京し、森鷗外や太宰治の墓所がある三鷹の禅林寺そばに部屋を借りた。三鷹駅北側に邸があった丹羽文雄の「文学者」に参加。小説一筋の生活に入った。

ホンモノの文学を目指したい。でも何を書けばいいのか?

苦しくてたまらない。

原因は自分が作った。夫を傷つけ、幼い娘を捨てたのに、不倫相手に裏切られた。

吐きだすように書いた短編「痛い靴」が、「文学者」に掲載された。東京で働く女性が別れた男に街で出会い、酒も男も覚えた自分をふと振り返る。「痛い靴」というタイトルに、女性が働く苦痛が凝縮されているようだ。

「男女平等」という美名のもと、家から出て外で働くようになった戦後の女性たち。新たな悩みと、愛の渇きを、彼女は以後、みごとに捉えていく。その出発点に立ったのだが、苦しさは増すばかりだった。

書けない、売れない、死にたい――。

女性の不倫は、男性より厳しい非難を受ける、幼い娘を捨てたから、なおさらだ。

女流作家という呼称があるが、男と女が違う性である以上、女性による小説が何を描いてきたか、女性の視点から照射するのが当然だろう。

瀬戸内晴美は女性特有の苦悩を、誰よりも、重い十字架のように、背負うことになったのだ。「文学者」編集者だった小田仁二郎との新たな不倫、離婚原因となった若い男との再会、再燃……。錯綜した関係は、『夏の終わり』(昭和三十八年)に結実した。「はじめての活字」から、バッシングを受けての雌伏をはさみ、十三年という長い歳月がすぎていた。

「その男の昏い空洞を充たそうと、知子の活力はそこへむかってなだれこみたがる。いつでも知子の牽かれる男や愛の対象になる相手は、生活も華やいでいず、萎えたような運命に無気力に漂っている敗残者とか脱落者とかにかぎられていた」(『夏の終わり』)

その男の昏い空洞――。

日本文学は、精神の空洞と格闘してきた。「其心はもと虚にして」と、西鶴が最初期に問題視して以来だ。

――男の昏い空洞を充たそうと、知子の活力はそこへむかってなだれこみたがる。

彼女は、あふれる情熱で、それを救おうとしたのだろうか。

瀬戸内晴美の功績は、現代女性の悩みをとらえただけでなく、他の追随を許さぬ、特異な伝記文学を生み出したことだ。

芸術に生きた『田村俊子』、『かの子繚乱』、そして日本初の女性編集による文芸雑誌「青鞜」の最後の編集人であり甘粕事件で虐殺された社会運動家・伊藤野枝をテーマにした『美は乱調にあり』等々。

また『遠い声』では、「青鞜」創刊と同じ明治四十四年におきた大逆事件の女性死刑囚・菅野スガを、一人称で、死の寸前の息遣いまでとらえきった。

日本の近代において、坪内逍遥、森鷗外をはじめ、男性作家たちを沈黙させた大逆事件に、彼女は、真正面から取り組んだ。

——男の昏い空洞を充たそうと、知子の活力はそこへむかってなだれこみたがる——

近代の闇に沈められた人々を小説化したら、筆禍を受けるから、書いてはいけない——。

そのタブーを破ったのは、女性作家だった。

『美は乱調にあり』は昭和四十一年、文藝春秋社より発行された。『遠い声』は、ポルノまがいと批判された『花芯』騒動で彼女をひとたび追放した新潮社から出版された。それらは多数の読者をえたが、文学賞は受賞しなかった。

ところが二〇〇六年、イタリアの文化・芸術賞ノニーノ賞が彼女の受賞を発表した。選者の一人が『美は乱調にあり』英語版に感動し、推薦したのだった。彼女は寂聴と名を変え、尼僧になっていた。

『遠い声』巻末で評論家の鶴見俊輔は、

「明治末の獄中で発せられたと思われる小さいつぶやきを今日の耳にききとり、その遠い声を、日本の現代に対置する」

と解説した。

二十一世紀になって、遥か離れたイタリアに、遠い声は届いた。

仮面の人

瀬戸内寂聴が「大先輩」と呼び、「ひたすら驚嘆する」と崇めた人がいる。女性作家では野上弥生子についで史上二番目に、文化勲章を授与された円地文子だ。寂聴は書く。

「あの人並より小さな、きゃしゃな、骨細の軀のどこにあれだけの強靭な意思と激しい情熱と意欲がひそめられているのだろう」(『源氏物語　巻二』円地文子訳、月報)

円地文子は国語学者の上田萬年を父に、東京で生まれた。病弱で高等女学校を中退し、国文学を父の助言を受けながら独学。大正十五年、「ふるさと」で脚本家デビューを果たし、小説に転じたものの認められず、昭和三十二年『女坂』で野間文芸賞を受賞するまでに、三十年もの歳月を耐えねばならなかった。

戦前は女性作家が活躍できる場が少なかったせいもある。大正五年に中央公論社が「婦人公論」を創刊したが、横光利一、谷崎潤一郎ら男性が看板作家だった。

昭和三年、「青鞜」以来、十七年ぶりに長谷川時雨が創刊した女性文芸誌「女人芸術」が唯一といっていい、発表の場だった。

長い雌伏を強いられた円地文子だが、戦後『女坂』でチャンスを摑んだ後の活躍はめざましく、『朱を奪うもの』『なまみこ物語』で認められ、『源氏物語』現代語訳はベストセラーになった。

しかし円地文子のもう一つの功績は、数々の女性作家を育てたことだ。瀬戸内晴美が「花芯」でバッシングを受けた時、円地の励ましの手紙が支えになったと記している。

円地文子は中央公論社主催の女流新人賞の選者を長く務め、後進を育てるのに手間を惜しまなかった。高橋たか子が無名時代、円地の自宅に招かれた時の思い出を「仮面の人」と題して書き残している。（前掲書、巻一、月報）

「女流文学者会」の会合にて
円地文子（左）と佐多稲子（右）
昭和40年代　二人は女性作家の中心にあった

たか子は女流新人賞の最終候補に残り、賞を逃した。受賞者さえ放置する選者ばかりなのに、円地は落選者の高橋を自宅に招いて成長を助けたというのだ。

中央公論社の支援で存続した女流文学者会の四代目代表――初代会長は吉屋信子、二代目代表宇野千代、三代目代表は平林たい子――として、女性作家が切磋琢磨する場を盛り上げた。父親の上田萬年が東京帝国大学文学部長として、新村出や金田一京助らを育てた姿を髣髴させる。

こうした尽力があって、日本初の女性による文芸誌「青鞜」創刊以来、一世紀の歳月をへて、女性が男性と対等に活躍する時代が実現したのだった。

数字に、明白に、あらわれている。

尾崎秀樹『大衆文学の歴史　下　戦後編』をみると、四期に分けられた戦後で、一番目の敗戦期に名がでる女性作家はゼロ。二番目の「復興期」は男性が十四人、女性は原田康子が紅一点、三番目の「隆盛の時代」になって男性作家二十人、女性作家五人になっている。

以後「時代は急速に、新しい女権時代に突入した」と、尾崎秀樹は記す。

「女権時代」は、個性派ぞろいだ。

前衛を軽やかに物語化し欧米風戦後文学の先駆けとなった倉橋由美子、日本の風土を背景に逆境を生きぬく女の物語を織りあげた宮尾登美子、軽妙な語り口で絶大な人気を誇った田辺聖子、瀬戸内晴美が苦しんだ愛の渇きをやすやすと乗り越え、世界の豊饒と交接した大庭みな子等々。

女性の進出は勢いを増すばかりで、平成元年のベストセラーリストを見ると、男女比は逆転している。

トップテンのうち吉本ばなながが五作ランクインして、半分以上を女性が占める。

今や、桐野夏生や高村薫を、女性作家と、ことさら意識する人は少ないだろう。

終章　新しい今を新しいかたちで

いまにわかります

川端康成がノーベル文学賞を受賞し、三島由紀夫の『豊饒の海』連載が進んでいた頃、日本の戦後文学は頂点を迎えた。

経済成長は石油危機で鈍化したものの、出版の隆盛は続き、総売上げは一九七六年に一兆円を超した。

文学の世紀として、後世、語り継がれるに違いないこの黄金期を輝かせたのは、巨星・川端、三島にくわえ、ノーベル賞に登りつめた大江健三郎を筆頭に、辻邦生、加賀乙彦、丸谷才一ら実力派と、評論と小説の両輪の江藤淳、堀田善衞らの異才たちだ。

一九七六年のベストセラー・リストの一位は、基地の町を舞台にした村上龍『限りなく透明に近いブルー』。四位が五木寛之『青春の門　堕落編　上』、そして松本清張の社会派推理が十位以内に入り、城山三郎『毎日が日曜日』がサラリーマンに人気と、経済・産業界が成熟し、一億総中流化という、明るい未来がえがかれた時だ。

出版界がこのピークに差しかかる前、日本中を震撼させた事件がおきた。

三島由紀夫が自衛隊市ヶ谷駐屯地で割腹自殺したのだ。

衝撃的な死の一週間前、三島由紀夫はラスト・インタビューとなった図書新聞の対談で、「いまにわかります」（昭和四十五年十二月十二日）と謎めいた言葉を口にした。

自衛隊の決起を煽ろうとした演説に、罵声を浴びせられた彼の、「いまにわかる」という予言は、何を意味するのだろう。

敗戦のとき、三島が茫然自失した銀座の廃墟はビル群に生まれかわった。スクランブル交差点を、ファッションショーさながら、さまざまな意匠で歩く日本人に対して、三島由紀夫の抱いた違和感……。

——戦後社会は、大きな何かを忘れはてたまま……。

彼の違和感を置き去りにして、社会はネット時代へ雪崩れこんでいった。

そんな今でも、時をこえ、生き続ける文学がある。

森鷗外の「高瀬舟」は、日本の歴史があるかぎり読み継がれるだろう。だがこの名作を書いたとき、彼は現代小説が書けないという、不本意な状況におかれていた。それゆえ、選択せざるをえない時代設定だった。

森鷗外にとって、本懐ではなかったのだ。

樋口一葉がインタビューされ、

「いちばん好きな作品は何ですか」

と問われたら、名作とされる『たけくらべ』ではなく、恋人との思い出の『雪の日』をあげたかもしれない。

内田百閒もそうだ。数多い著作の中から、自分の代表作に『ノラや』を選ぶとは思えない。なぜなのか――。

小説らしい、不思議な現象だ。

作品を生みだしたのは作者自身だが、愛されるかどうかは、読者に委ねられているのだろう。

小説は、世に出た瞬間、作者のあずかり知れぬところへ歩きだす。

ここではない、どこか遠くの町へ。そして、見知らぬ誰かが、その本のページを夢中で繰っていく。

「おもしろかった？」

そう聞かれ、真剣な眼差しで、うなずくあなた。

――この本にめぐりあえてよかった。明日も私は生きていける。

と、愛読者の胸に抱かれた本は幸せだ。

参考文献

『日本古典文学大系　西鶴集　上・下』岩波書店、一九五七年／一九六〇年
『定本西鶴全集』井原西鶴、中央公論社、一九七七年
『人物叢書十一　井原西鶴』森銑三、吉川弘文館、一九五八年
『近世作家伝攷』野間光辰、中央公論社、一九八五年
『俳諧古選』三宅嘯山、千代田書房、一九一一年
『日本の美術　NO.106　友禅染』北村哲郎編、至文堂、一九七五年
『江戸の本屋さん　近世文化史の側面』今田洋三、NHKブックス、一九七五年
『出版文化の明治前期　東京稗史出版社とその周辺』磯辺敦、ぺりかん社、二〇一二年
『日本出版史料』八号、日本エディタースクール出版部、二〇〇三年
『小説神髄』坪内逍遥、岩波文庫、二〇一〇年
『日本語を作った男　上田万年とその時代』山口謠司、集英社インターナショナル、二〇一六年
『昭和文学全集　第16　亀井勝一郎集、中村光夫集、福田恆存集』角川書店、一九五三年
『鷗外全集』岩波書店、一九七三年
『山椒太夫・高瀬舟』森鷗外、新潮文庫、一九六八年
『全集　樋口一葉』小学館、一九九六年
『人物叢書五十　樋口一葉』吉川弘文館、一九六〇年
『人物近代女性史　新時代のパイオニアたち』瀬戸内晴美編、講談社　一九八九年

『博文館五十年史』坪谷善四郎編、博文館、一九三七年
『日本の近代小説』中村光夫、岩波新書、一九五四年
『日本の現代小説』中村光夫、岩波新書、一九六八年
『明治百年の歴史　明治編』講談社、一九六八年
『講談社の100年』講談社社史編纂室、講談社、二〇一〇年
『新潮社百年』新潮社編、新潮社、二〇〇五年
『物語岩波書店百年史』岩波書店、二〇一三年
『菊池寛全集』高松市菊池寛記念館、一九九三年
『形影　菊池寛と佐佐木茂索』松本清張、文藝春秋、一九八二年
『「文藝春秋」とアジア太平洋戦争』（東アジア叢書）鈴木貞美、武田ランダムハウスジャパン、二〇一〇年
『人間・菊池寛』佐藤みどり、新潮社、一九六一年
『菊池寛急逝の夜』菊池夏樹、白水社、二〇〇九年
『日本印象記』ボリス・ピリニャーク、原始社、一九二七年
『新・日本文壇史』川西政明、岩波書店、二〇一〇年
『夏の栞　中野重治をおくる』佐多稲子　新潮社、一九八三年
『定本　横光利一全集』河出書房新社、一九八一年
『東京大空襲　昭和二十年三月十日の記録』早乙女勝元、岩波新書、一九七一年

『太平洋戦争日記』伊藤整、新潮社、一九八四年
『川端康成全集』新潮社、一九八一年
『谷崎潤一郎全集』中央公論新社、二〇一五年
『決定版　三島由紀夫全集』新潮社、二〇〇〇年
『文壇挽歌物語』大村彦次郎、ちくま文庫、二〇一一年
『吉井勇のうた』臼井喜之助、社会思想研究会出版部、一九六一年
『伝説の編集者　坂本一亀とその時代』田辺園子、作品社、二〇〇三年
『私の文学漂流』吉村昭、新潮社、一九九二年
『日本文学全集22』新潮社、一九七一年
『現代日本文学全集　47』筑摩書房、一九五五年
『松本清張全集30　日本の黒い霧』文藝春秋社、一九七二年
『女流文学者会・記録』女流文学者会編、中央公論新社、二〇〇七年
『瀬戸内寂聴全集』新潮社、二〇〇一年
『寂聴伝　良夜玲瓏』齋藤愼爾、新潮文庫、二〇一一年
『いずこより』瀬戸内晴美、筑摩書房、一九七四年
『源氏物語　巻一、巻二』円地文子訳、新潮社、一九七二年
『大衆文学の歴史〔上　戦前編・下　戦後編〕』尾崎秀樹、講談社、一九八九年
『文壇うたかた物語』大村彦次郎、筑摩書房、一九九五年

『イアン・ブルマの日本探訪　村上春樹からヒロシマまで』イアン・ブルマ、阪急コミュニケーションズ、一九九八年
『芽むしり　仔撃ち』大江健三郎、新潮文庫、一九六五年
『村上春樹　雑文集』村上春樹、新潮文庫　二〇一五年
『誘惑者』高橋たか子、講談社、一九七六年
『都会の憂鬱』佐藤春夫、新潮文庫、一九五六年
『真空地帯　上』野間宏、岩波文庫、二〇一七年
『夏の終わり』瀬戸内晴美、新潮文庫、一九六六年
『重力の虹（上）』トマス・ピンチョン、新潮社、二〇一四年

久我なつみ
1954年生まれ。同志社大学文学部卒業。ＹＭＣＡに英語講師として勤めるかたわら美術を学び、新制作展入選三回。文筆に転じて、『フェノロサと魔女の町』（河出書房新社、1998年）で第5回蓮如賞受賞。著書は他に『日本を愛したティファニー』（河出書房新社、2005年、第53回日本エッセイストクラブ賞）、『アメリカを変えた日本人　国吉康雄、イサム・ノグチ、オノ・ヨーコ』（朝日選書、2011年）等がある。両親はともに作家である邦光史郎、田中阿里子。

文豪と異才たち
井原西鶴から村上春樹まで
小説ブームをおこした人々

二〇二一年九月二〇日　初版印刷
二〇二一年九月三〇日　初版発行

著　者　久我なつみ
装幀者　中島かほる
発行者　小野寺優
発行所　株式会社河出書房新社
〒一五一-〇〇五一
東京都渋谷区千駄ヶ谷二-三二-二
電話〇三-三四〇四-一二〇一（営業）
〇三-三四〇四-八六一一（編集）
https://www.kawade.co.jp/

組　版　KAWADE DTP WORKS
印　刷　モリモト印刷株式会社
製　本　小泉製本株式会社

Printed in Japan
ISBN978-4-309-92188-4